2
（著）雪仁
（イラスト）かがちさく
隣のクーデレラを
甘やかしたら、
ウチの合鍵を
渡すことになった
JN250109

自分の想像を遥かに超えていた光景に、
時間が止まったように息を呑み込む。
「……どうかな？」

「ユイ。歌えるか?」
俺の意図を理解してくれたユイが微笑みながら頷いた。
「うん、歌えるよ。大丈夫」

「――っ」
その歌声を聞いた湊が、無意識に息を呑んで一瞬で目と耳を奪われた。

「夏臣、見て！ ほら！
すごい大きい！」
また新しいユイの一面が見れて、
水槽に映り込んだ俺の顔にも
自然な笑みが浮かんでいる。

CONTENTS

隣のクーデレラを甘やかしたら、ウチの合鍵を渡すことになった

I spoiled
“quderella” next door
and I'm going to give her
a key to my house.

2

(著) 雪仁
(イラスト) かがちさく
Author: Yukihito
Illustration: Kagachisaku

プロローグ

I sp
"quderella" next
and I'm going to giv
a key to my h

「イギリスから来ました。ユイ・エリヤ・ヴィリアーズです」

桜が舞い散る四月。

日英のハーフであるユイが、俺──片桐《かたぎり》夏臣《なおみ》──が通う東聖学院へ留学生として転校して来た。

透き通る青色の瞳と艶のある綺麗《きれい》な長い黒髪で、可愛《かわい》いというよりも美人という言葉が似合う容姿と大人びて落ち着いたクールな佇《たたず》まいから、クラスメイトたちには憧れと畏敬を込めて深窓のお姫様《クーデレラ》と呼ばれているが、でも本当の彼女は少し……いや、全然違う。

クーデレラと呼ばれることを実はめちゃくちゃ嫌がってるということも、猫があまりにも好き過ぎて猫動画を見始めると何時間でも眺めていることも、俺だけが知っている本当の彼女の姿。

嬉《うれ》しい時にはにへらっと年相応に可愛く表情を緩ませることも、本当に嬉しい時には青い瞳を細めて優しく微笑《ほほえ》んでくれることも。

食べ物は好き嫌いなく何でも美味《おい》しそうに食べるが、晩御飯にからあげを作ってあげると自作の『からあげのうた』を即興で口ずさんで喜んでくれるのもユイだ。

二人の時は良く喋《しゃべ》ることも、感情も素直で良く笑うことも。

年相応の可愛らしさがあることも、自分の過去に向き合う強さも持っていることも。

それらが全て俺の前でだけ見せてくれる本当のユイだった。

俺とユイはマンションの隣室同士でお互いに一人暮らしをしているため、食費と自炊の手間をシェアすることで二人ともが楽になると晩御飯のシェア生活をしている。

休みの日には昼食からずっと俺の家にいることも珍しくないが、そのきっかけは俺からのユイへのお節介。

複雑な家庭事情から急遽《きゅうきょ》の単身留学で、まともに洗い物すらもしたことがないくせに、誰にも迷惑を掛けないよう一人で生きて行くと決意していた世間知らずのお嬢様。

そんなユイに去年の自分を重ねて世話を焼かせてもらったことから、俺とユイはこんな日々を共に過ごすようになっていた。

その中で「ここで変わりたい」と言ったユイは、一人では抱え切れなかった過去に向き合って大事なものを取り戻し、俺も微力ながらその力添えが出来たことを誇りに思っている。

ユイからは俺のお節介へのお礼《れい》、俺からはユイが過去を乗り越えられた証《あかし》に、お揃《そろ》いのシルバーチェーンのブレスレットを交換し合ったりもした。

そして季節は五月も終わりに差し掛かり、今日もまた俺とユイの左手首にはお揃いのスワロフスキーのクリスタルが煌《きら》めいていた。

◇　◇　◇

そして暦は六月。

もう肌寒い春らしさはすっかりとなりをひそめ、季節はいわゆる初夏に移り変わろうとしていた。

だいぶ強くなり始めた太陽に顔をしかめながら通学路を歩いていると、背中に聞き慣れた声が投げかけられて振り返る。

「おー夏臣。もう朝もだいぶあちーなあ」

「おう、慶もこの時間だったのか」

俺と仲の良い友人である鈴森慶《すずもりけい》が、汗ばんだ額を拭って隣で歩調を合わせる。

もう夏かと思うくらいに暑い日差しのお陰で、慶の表情からも普段通りの軽い調子の笑みが消えてしまっていた。

二人が通う東聖学院は小高い山の上にあり、最寄り駅からは二十分ほどの坂を登る必要があるため夏場も冬場も季節を実感しながら通うしかない。

坂を上り切った俺と慶が十字架の意匠が取り付けられた校門をくぐると、下駄《げた》箱で青い瞳の女子生徒と視線が合う。

「よ、ヴィリアーズ」

「おはようございます。片桐《かたぎり》さん、鈴森さん」

俺と同じクラスで日英ハーフの美少女、ユイ・エリヤ・ヴィリアーズ。

ユイはミッション系の学校の中でも珍しいキリスト教徒の名前《クリスチャンネーム》を持つイギリス貴族家系出身のお姫様。

美しく長い黒髪と宝石のような青い瞳、白磁のような白い肌に均整の取れたボディラインなど、誰もが息を呑《の》むほどに整った容姿と近寄りがたいクールな空気感から、クラスメイトたちには羨望《せんぼう》の眼差《まなざ》しで深窓のお姫様《クーデレラ》と呼ばれたりしている。

ユイがいつも通りの素っ気ない声で挨拶を返すと、一緒に登校していたクラスメイトの女子と連れ立ちながら俺の後ろを通り抜けて教室へと向かう。

その様子を見て、隣にいた慶が軽い調子でけらけらと笑い声を上げた。

「ヴィリアーズ嬢は相変わらずのクーデレラっぷりだなぁ」

「いつも通りで何よりだ」

慶にそう返事をしながらユイたちの後に続いて教室の扉をくぐる。

そしてユイは窓際《まどぎわ》の一番後ろの席へ、俺はその隣の席へと腰を下ろして二人とも学校指定の鞄《かばん》を机の上に置いた。

隣のユイが左手で長い髪を耳に掛けると、ブレザーの袖口から覗《のぞ》いたシルバーのチェーンブ

レスレットが窓から差し込む太陽光で一瞬だけ煌《きら》めく。

俺がお揃《そろ》いのブレスレットを人目から隠すように自分の左袖を押さえると、ユイが俺にしかわからない程度の微笑《ほほえ》みを浮かべながら、その青い瞳を手の中のスマホに落とした。

◇　◇　◇

(今日の晩メシはどっちにしたもんか……)

学校帰りに寄ったスーパーの精肉売り場で、豚コマ肉と鶏モモ肉を見比べながら高校生らしからぬ悩みで眉をひそめる。

俺がここ一年で得た一人暮らしの経験上、値段はどちらも十二分にお買い得で鮮度も悪くないということは見て分かった。

それが故に甲乙付けがたい選択肢に頭を抱えていると、隣から白い指先が伸びて来て鶏モモ肉の方を指差す。

「迷ってるなら、からあげにしない?」

隣に顔を向けると、青い瞳を期待に輝かせながらユイが俺を覗《のぞ》き込《こ》んでいる。

「からあげはこないだも食べたばっかりだろ」

「あ、それもそっか。じゃあ今日はネギ塩味にしたらどうかな?」

「味付けの問題じゃないだろ」

「だって私は夏臣のからあげなら毎日でも嬉《うれ》しいし……だめ？」

ユイが困ったように眉を寄せながら、申し訳なさそうな上目遣いを俺に向ける。

そんな可愛いおねだりをされたら断れるはずもなく、作り置きの冷凍分も含めてモモ肉を四パックほど買い物カゴに入れた。

「ありがと、夏臣」

「ユイのお願いじゃ仕方ないからな」

ユイがくすくすと小さな笑みをこぼしながら、にへらっと可愛《かわい》らしい笑顔で頷く。

クーデレラと呼んでいるクラスメイトたちからしたら信じられないであろう庶民派のおねだりと、学校では見せない可愛らしくて柔らかな微笑《ほほえ》み。

俺と二人だけの時にだけ近づく距離感。

（こんな顔されたら敵《かな》わないよなぁ……）

俺にだけ見せてくれるユイの表情に心の内でそう呟《つぶや》きながら、付けダレ用のネギを取りに野菜売り場へと踵《きびす》を返《かえ》す。

すると俺の隣で肩を並べたユイが楽しそうに鼻歌を歌い始める。

それは作詞作曲ユイによる『からあげのうた』で、俺がからあげを作っていると隣で歌ってくれるオリジナルソングだ。

小気味いいリズムとメロディーもさることながら、何より楽しそうに歌うユイが可愛らしくていつも思わず笑いがこぼれてしまう。

こうして買い物を終えると一緒に俺の部屋に帰って、二人で晩御飯の準備をして、一緒に晩御飯を食べる。

これが四月から始まった俺とユイの日常。

イギリスから単身で留学をして来た、世間知らずのお隣さんと過ごす日々だった。

1章　黒と碧と純白のドレス

I sp
"quderella" next
and I'm going to giv
a key to my h

「あ〜、恋ってなんだろ〜ねぇ〜」

　夏臣《なおみ》の従姉で東聖学院の教師であり、夏臣とユイの担任でもあり、学校内にある教会の責任者でもある香澄《かすみ》が職員会議をサボって教会の事務室で激しくクダを巻いていた。

　俺が明らかに無視を決めこんでいても懲りずにチラッチラッとこっちを見てアタックしてくるので、面倒な気持ちを呑み込んで溜息を吐き出した。

「仮にも年上の人がする質問だと思えないですけど」

「はー、お酒も飲めない青二才が生意気なこと言っちゃう？　ねぇ言っちゃうわけ？」

「掃除の邪魔なんで早く職員室に戻ってくれませんか。割とマジで」

　だからその青二才に聞くなと言いたいツッコミを堪えながら、面倒臭いダメっ子動物を横目に事務所の掃除を進めていく。

　ちなみに唯一のバイトメイトであるユイは我関せずという感じで、黙々と窓の拭き掃除をしていた。

　東聖学院は校則でアルバイトは禁止されているが、多くの生徒たちは黙ってバイトをしていても黙認されている。

だが特待生である俺や学校の留学制度を利用しているユイは、問題になった時のリスクを考えると校則違反のバイトをすることは難しい。

なので稼ぎが悪く人気もない学校公認のバイトである教会の手伝いに従事している。

そしてこういう保守清掃も仕事の内なので、定期的な教会内の大掃除の真っ最中だった。

「二人とも今のうちに恋とかそーゆー甘酸《あまず》っぱい青春を謳歌《おうか》しときなよ～？　ずっと女子校だったあたしにゃあ出来なかったからさぁ。あーなんでまた結婚のご祝儀《しゅうぎ》で少ない給料を減らさなきゃいけないんだよぉー！　どうしてあたしが他人の幸せのために汗水とか色んなもの垂らして稼いだお金を払わなきゃいけないんだ嫌だよちくしょー!!」

机に顔を突っ伏した香澄が駄々っ子のようにバンバンと机を叩《たた》く。

俺は決してこういう大人にはなるまいと思いながら、香澄に触れることなくユイと掃除をしていない場所を確認し合う。

床掃除用の雑巾を絞ろうとワイシャツの袖を捲《めく》ると、左手首に細身のチェーンブレスレットが揺れるのが目に入った。

（……恋、か）

香澄が口にした言葉が揺れたブレスレットに重なる。

思い出したくもない出来事だったはずの過去をユイが乗り越えた証《あかし》と、俺がユイの背中を押してあげることが出来た証《あかし》に、それぞれがそれぞれへと贈り合ったお揃いのプレゼント。

あれ以来、二人とも肌身離さずにずっと身に付けている大切なものに目を細める。

(この気持ちは……恋なんて呼べるもんなのかな)

以前にユイの姉であるソフィアが日本を訪れた時、ユイが俺のことを大事な人だと口にしてくれて、俺もユイの手を放さない覚悟があるとソフィアに口にした。

当然、今でもその気持ちに変わりはないし、むしろ前よりも特別な相手だとすら思っているし、異性としての魅力なんか考えるまでもなく十二分に感じている。

正直なところ俺には男女の交際経験がなく、それ以前に初恋だと自覚するような経験もない。

だからこの気持ちが『好意』であることは理解出来ても、『恋』なのかと言われると今の自分には分からないとしか答えられなかった。

「片桐《かたぎり》さん、お隣失礼します」

ユイが俺の隣に立って花瓶の中の水を手洗い場にそっと流す。

その綺麗な横顔を思わずじっと見つめていると、ユイが不思議そうに首を傾《かし》げた。

「どうかしましたか？」

きょとんとしながらユイが目をぱちくりさせる。

ユイの素の反応が可愛らしくて、うだうだと考えてる自分が可笑しくなってきた。

「いいや、何でもないよ」

そうだ。この気持ちがどうとか、今、焦《あせ》って考えなくちゃいけないことでもない。

考えても分からないことでこの時間を無駄にする方がもったいないし、無理矢理に名前を付けたらそれこそ安っぽいものになってしまいそうな気がする。

だから左手首に揺れるブレスレットをもう一度見て、さらにハテナを浮かべて首を傾《かし》げるユイに笑って応えた。

そして香澄が思い出したように「あ」と手を叩く。

「そー言えば連絡来てたよ、結婚式の話。なっちゃんとヴィリアーズさんの」

その瞬間、ユイの手から滑り落ちた花瓶を猛烈な勢いでキャッチした。

「わ、私と……夏臣の……結婚式の、話って……？」

ユイがこれでもかというほどに青い瞳を丸くしながら、ギシギシと油の切れたロボットのような動きで俺を覗《のぞ》き込《こ》む。

小さな唇を震わせて、思考ごとフリーズしたようにユイが固まっている。

「い、いきなりそれは飛びすぎっていうか、まだお互いの気持ちの確認すらしてないし、そもそも日本の法律だと夏臣がまだ結婚できる年齢じゃないし、あ、でもイギリスなら両親の同意があれば今でも……」

「ブライダルプレイヤーの依頼だろ⁉　結婚式で演奏するミュージシャンのバイトの‼」

俺が香澄に向かってそう叫ぶと、ユイがピタッと停止して「へ？」と小さな声がこぼれ落ちた。

啞然《あぜん》としたまま固まっているユイの首から耳の先までゆっくりと赤く染まって、ユイが鞄から取り出したタオルに顔を押し付けた。

そしてそのまま机に移動して椅子に座ると、机の上に突っ伏したままユイが完全に動かなくなった。

「……ごめん大丈夫だから……しばらく、そっとしといて……お願い……」

長い髪の隙間から覗いている真っ赤な耳が「今は触れないで」とアピールしているので、空気を読んで香澄に顔を向ける。

てへぺろという擬音が聞こえそうな笑顔で俺に親指を立てて見せた。

にやにやさせた小憎たらしい笑顔から、ユイをからかうためにわざと誤解を生む言い方をした意図が伝わってくる。

おい、仮にも教師が生徒にしようもない八つ当たりすんな。

「したら依頼のメールはなっちゃんの携帯に転送しとくから、後は適当によろしく〜」

香澄はそれで気が晴れたらしく、動かないユイを横目にしながら楽しそうに手を振って事務所を出て行った。

ドアが閉まって静かになった事務所で、固まったまま動かないユイと二人きり。

何というか、こう……とても気まずい。

俺が恋だ何だと考えてる時にユイが微妙にまんざらでもない反応だっただけに、上手く冗談で流すことも出来ないまま俺も窓の外に顔を逸らす。

「えっと……じゃあ、適当に掃除してるから落ち着いたら声かけてくれ。別にゆっくりでいいから」

「……ほんとごめん……よろしく……」

相変わらず机に突っ伏したまま微動だにしないユイを放置して、事務所ではなく聖堂内の方の清掃に精を出すことにした。

◇　◇　◇

「この時期は結婚式が多いから、ブライダルプレイヤーの依頼が結構来るんだよ」

俺とユイが住む駅からひとつ隣の駅の裏手、その山の上にある結婚式場『伊勢山《いせやま》セントチャペル』への道すがらユイに説明をする。

「ジューンブライドだよね。イギリスでもあったから知ってる」

「むしろイギリスが発祥だって話だもんな」

ユイの言う通り六月はいわゆるジューンブライドと言われる時期で結婚式が多い。

当然、結婚式の数が増えれば結婚式や披露宴で音楽を演奏するブライダルプレイヤーの仕事も比例して自《おの》ずと増える。

実際の挙式数はさほど変わらないとも言われるが、実際に去年の六月は俺も休みの度にどこかの式場へ駆り出されっぱなしだったので、少なくとも横浜周辺では増えるように思う。

「言っても式の後ろで讃美歌《さんびか》を演奏するだけだから、ユイの歌唱力なら難しい仕事じゃないけどな。強いて言えば主役は新郎新婦だからあんまり歌が出張り過ぎないようにしてくれ」

「うっ……そうだよね、頑張る……！」

少し前のイースター礼拝では、その後の牧師の話でも参列者たちが上の空になってしまうほどの聖歌を披露してしまったユイが苦笑いを浮かべる。

ずっと歌えなかった歌を歌うことが出来て気持ちが入り込み過ぎてしまったのは分かるし、大成功が故の失敗だったので俺個人としては責めるような点も見当たらない。

けども、流石に大事な結婚式で新郎新婦の主役の座を奪ってしまうのはまずい。

（ま、ユイなら問題なく大丈夫だろうけど）

両手を小さく握り込みながら頷くユイを横目で微笑ましく見ながら、長い坂道を上って依頼を請けた式場へと向かって行く。

◇　◇　◇

「すごい……！　こんなの、初めて見た……！」

式場の事務所で当日の打ち合わせを終えた後。

実際に演奏をする式場の下見で足を踏み入れた教会の中、視線を巡らせたユイが感嘆の声を漏らして息を呑《の》む。

東聖学院にあるような町の教会ではなく、結婚式場専用として設計された華やかな教会。

『セントブライド大聖堂』と名付けられた一三〇名が着席出来る圧巻の大聖堂。

ヨーロッパの伝統的なキリスト教の装飾と、真上を向かないと見えないほどに高い天井、祝福の祭壇を照らすバラの形を模したステンドグラスの大窓。

そのどれもが新郎新婦たちの新たな門出を祝うに相応《ふさわ》しい、荘厳《そうごん》で美しい様相だった。

「イギリスでそれこそ本場の教会を見たことあるんじゃないのか？」

「もちろん大きな教会はたくさんあるけど、こんなに素敵な教会は見たことないよ！」

明るい声を弾ませながら、青い瞳を大きく輝かせたユイが顔を巡らせる。

イギリスには有名な教会や歴史ある大聖堂はたくさんあるが、敬虔《けいけん》な信者たちのために建造された教会と現代において挙式を目的として造られた教会では、確かに比べるものでもなかったなと素直にはしゃぐユイを見て思う。

「ソフィーにも見せてあげたいなぁ。式場の写真、撮っても大丈夫かな？」

「ほどほどにな」

ユイが嬉《うれ》しそうにスマホを構えて、あちらこちらと施設内の撮影をしていると、ロビーの一角を向いたままその動きが止まる。

その視線の先を辿《たど》ると、そこには純白のロングドレスが飾られていた。

そこにはマネキンに着せたウェディングドレスがいくつも飾られていて、そのどれもが窓から差し込む光をきらきらと弾いて輝いている。

そしてその隣には『ジューンブライド・ウェディングフェア』と書かれた看板が立っていて、いくつかのカップルらしき人たちがドレスを見たり案内を受けたりしていた。

「ウェディングフェアの展示か」

いくつも並んだウェディングドレスたちはそのどれもが上品な慎ましやかさの中に華やかさを伴っていて、さほど服に興味のない俺でも素直に綺麗だなと思わされてしまう。

俺の隣でそのドレスたちに見惚れていたユイが、気恥ずかしそうに両手をもじもじとさせながら窺うような上目遣いを俺に向ける。

「……近くで見て来てもいい？」

「ああ、そんなのもちろん」

俺の返答にパッと表情を咲かせると、ユイが嬉《うれ》しそうに早足で展示してあるドレスへと駆け寄っていく。

（ユイもウェディングドレスに憧れあるんだな）

女子はみんな憧れがあるイメージはあったけど、ユイも興味があるのはちょっとだけ意外だなと思いつつユイの後ろに続いてドレスに顔を向ける。

「すごい綺麗《きれい》……ウェディングドレスって、こんなに綺麗《きれい》なんだ……」

小さな溜息《ためいき》を漏らしながら、青い瞳を優しく細めたユイが煌《きら》めくドレスに目を輝かせる。

（……ユイが着たら、めちゃくちゃ似合うんだろうな）

頰を染めながら思いを馳せるユイの横顔に見惚《みと》れながら、ついそんなことを思ってしまう。

光を弾く黒髪に宝石のように澄んだ青い瞳。

染《し》みひとつない白い肌とすらりとした身体《からだ》を包み込む純白のドレス。

そして薄いヴェールの向こうで幸せそうな微笑《ほほえ》みを浮かべるユイ。

（――って、何考えてんだ、俺は……!!）

馬鹿な妄想で一気に熱くなった顔を隠すようにユイから顔を背ける。

「ん？　夏臣？」

「いや、悪い。何でもないから気にしないでくれ、本当に。すまん」

しょうもない想像をしてしまったことを何度も謝りながら、熱くなった顔を隠すようにユイから逸《そ》らす。

「え、何？　どうしたの夏臣？」

珍しい俺の反応を心配したユイが俺を覗《のぞ》き込《こ》もうとするが、俺も顔を合わせまいと身体《からだ》を逆によじってユイの視線を避ける。

そんな俺のリアクションを見てさらに心配になったユイが逆から俺に回り込むので、俺はまた逆に顔を背ける。

「む……」

半ば意地になったユイが眉をひそめながら半ば意地になって俺の周りをぐるぐると回っていると、そんなことをしている俺たちの背中に声が掛けられた。

「ね、君たち。ちょっといいかな」

その声にユイと一緒に振り返ると、首から大きなカメラを提げた女性がにこにこと愛想《あいそ》の良《い》い笑顔を浮かべて名刺を差し出していた。

◇　◇　◇

「フリーのカメラマンさん……ですか？」

「そう。義経恵《よしつねめぐみ》って言うの。よろしくね」

つい先ほどブライダルプレイヤーの打ち合わせをしたばかりの事務所のソファで、俺とユイの向かいに座った女性が頷いた。

少し低めの背丈に濃紺のパンツスーツ、肩口で切り揃えられたボブカットにハキハキとした声で仕事が出来そうだなという印象。

「ちょっとお願いがあって。話だけでも聞いてくれないかな？」

恵が頭を下げるのを見て隣のユイと顔を見合わせる。

（ユイの追及を逃れられたことは助かったけど……）

まぁ話を聞くだけなら問題が起こることもないだろうし、聞くだけならと思って前を向き直す。

「今やってるブライダルフェアの関係で、どうしても今日までに撮影をしないといけないドレスがあってね。で、その撮影で来るはずだったモデルさんが急遽来れなくなっちゃって。ユイちゃんなら身長も体格も来るはずだったモデルさんとほぼ同じだから助けて欲しくて声を掛けさせてもらったの。ちゃんと謝礼は出すから！　お願いこの通り!!」

ぱん、と音を立てながら手を合わせると、大袈裟な身振りで深々と頭を下げられる。

つまりは来れなくなったモデルの代役をユイにお願いしたい、ということらしい。

この人はフリーながら伊勢山セントチャペルからの依頼が届くようなカメラマンで、こうしてチャペルの事務所に入れるくらいには身元がはっきりとしてるんだろうし、特に怪しい話ではなさそうだけど……。

隣にいる本人の意見を求めてユイに視線を向ける。

「えっと、嫌です」

即答だった。

ユイには仕事を手伝う理由がないので当然の答えだ。

さっきの感じだとユイはウェディングドレス自体には興味がありそうだったので一応尋ねてはみたが、本人がそう答えた以上は俺もその意志を尊重するだけだった。

「そこを何とかお願い！　どうしても今日じゃないと困るの！　あくまで衣装がメインで顔は写らない撮影だし！　ね、この通りお願いします!!」

しかし相手も退くどころか食い気味にユイに頭を下げ続ける。

何かうちのダメ従姉を見ているような気分になるが、大の大人にここまで必死に頼み込まれると正直若干引いてしまう。

ユイも俺と同じ様に顔を引きつらせながら、俺に助けを求めるような視線を向けた。

「ユイがドレスに興味があるかと思って聞いたけど、本当に嫌なら俺が断るぞ」

「夏臣……」

ユイがちらりと飾ってあるウェディングドレスに視線を向ける。

それから迷うように視線を俯かせながら、少しだけ頬を赤くして口を結んで困ったように眉をひそめた。

（……やっぱり、着てみたい気持ちはあるんだな）

目立つのが好きではないユイからしたら、『モデルの代役』なんてやりたくはないんだろうと思うけど。

でもウェディングドレスなんてこんな機会でもなければ、興味があったとしても試しに着れるようなものでもないだろうと思う。

「ユイが本当に嫌じゃないなら受けてみたらどうだ？」

「……え？」

「顔は出さないって話だし、こんな機会でもなきゃ着れないものだと思うし……それに」

こほん、と照れ隠しに喉を整えつつ、飾ってあるドレスに顔を向けて続ける。

「俺もユイのドレス姿、見てみたいしな……」

「え……」

目を丸くしたユイの頬がほんのりと赤く染まる。

展示してあったウェディングドレスを見た時にも思った、偽りのない率直な気持ち。

こんなことをわざわざ口に出すのは柄にもないとは思うけども、迷ってるユイの背中を少しくらい押せればと敢えて口にしてみる。

するとユイが俺の意図を察してくれたように優しく目を細めて、小さくはにかみながら笑い声をこぼして呟いた。

「……うん。夏臣がそう言ってくれるなら……」

ユイが嬉しそうに頷くのを見て、俺も同じ様にユイに頷いて返して見せる。

柄にもないとしても、こんな笑顔を見せられたら細かいことはどうでも良いと思えてしまう自分が単純だなと思いつつ、対面にいる恵に改めて了承の旨を伝える。

「ありがと、ほんっとに助かるよ！　そしたらじゃあ二人とも、お願いね！」

「「え？　二人とも？」」

その返事を聞いて、思わず俺とユイの声が重なった。

◇　◇　◇

「これでいいんですかね……」

「おぉー、いいじゃんいいじゃん！　片桐くん、タキシード似合ってるよ！　ユイちゃんの方は着替えにまだ時間かかると思うから、先にいくらか写真撮らせてもらっても良いかな？」

「はぁ、わかりました……」

ライトグレーのタキシードを着せられたまま、精一杯の引きつった愛想笑いを浮かべる。

華やかで豪奢《ごうしゃ》な大聖堂の中で恵に指示をされるままポーズを取ると、それに返事をするようなシャッター音が連続で鳴り響く。

顔が明るく見えるようにと前髪を上げるようにセットされて、胸元には式場のスタッフに飾り付けてもらったブートニア。

鏡で確認をさせられても明らかに服に着られてる感しかなく、お世辞にも似合ってるとは思えない。

（……どうしてこんなことになった）

確かに俺もユイのドレス姿を見たいとは言ったし、この話をユイに勧めたのも俺自身だ。

でもまさか恵がユイと俺の二人に声を掛けてるつもりだったとは完全に予想外だった。

すでに数え切れない溜息《ためいき》を吐き出しながら、こうなってしまった以上は覚悟を決めて、言われるがままにポーズを取っていく。

「カノジョもめちゃくちゃ可愛《かわい》いけど、カレシもなかなか掘り出しモノだなあ」

恵が満足気に呟《つぶや》きながら立ち位置を変えてはシャッターを切り続ける。

「ユイは彼女じゃないですけどね」

「え？　あんなに仲良いのに付き合ってないの？　何で？」

「いや、何でと聞かれても……」

そんな返事が戻ってくるとは思わず言葉に詰まる。

別に仲が良ければ付き合っているというものではないだろうし、人との付き合い方なんて人それぞれだ。

それに俺自身の気持ちがどういうものか、正直なところ自分でもよく分からない。

でもユイをそういう好奇の視線に晒《さら》したくないからわざわざ周りには言ってないわけだし、俺とユイが居心地の良いこの関係に無理に名前を付けることも、形にはめることも、まして誰かに理解してもらうために説明が出来なくたって良いと思う。

「仲が良くても付き合ってなかったら、何かおかしいですか？」

だから、それが俺の素直な気持ちだった。

その返答を聞いた恵がカメラを下ろしてきょとんと目を丸くする。

「あはは っ、確かにそうだね、別におかしくないよね！　ごめんごめん！」

それから大きな笑い声を上げながら恵が何度も大きく頷《うなず》く。

「ごめんね。あたしが野暮なこと聞いちゃった。片桐くんは素直で素敵だね。とっても良いと思う」

「はぁ、そうですか……」

どうも褒められてるようだが、何を褒められてるのか分からず曖昧に返す。

俺は思ったことをただ口にしただけなのに、恵がとても楽しそうに目を細めている。

それから恵が腕時計を確認すると「そろそろかな」と呟《つぶや》いて俺に手招きをして、入り口の大きな扉の前に立たせた。

「じゃあここで扉の方を向いて立っててね。頭のてっぺんから糸で吊《つ》られてるようなイメージで背筋を伸ばして、あごを少し引く感じでね？」

「えっと……吊《つ》られてる感じって、こんな感じですか？」

真っ赤なヴァージンロードの上、言われるがまま姿勢を正して背筋を伸ばすと、あごを引いて真《ま》っ直《す》ぐに顔を前に向けた。

それを見た恵が満足そうに人差し指と親指で丸を作ってOKサインを出すと、俺の側面に回って静かにカメラを構える。

教会の中が静まり返って、張り詰めるような無音が式場内を包み込む。

身じろぎした服が擦れる音すらも響いてしまいそうな教会の中で、思わず呼吸すらもひそめた次の瞬間。

入り口の扉が微《かす》かに軋《きし》んで、その向こう側からゆっくりと眩《まぶ》しい光が射し込んだ。

「――夏臣」

その光の中に、純白のウエディングドレスをまとったユイが立っていた。

光の輪郭を帯びたヴェールとドレスに身体《からだ》を包んだユイが、青い瞳を優しく細めて俺を真っ直ぐに見つめている。

長い髪をアップにまとめた頭には控えめに煌《きら》めくティアラ、小さな手にはドレスに合わせた白いブーケ。

細い首元や大きく露出した肩、ブーケを持つ腕から覗《のぞ》く白い肌は瑞々《みずみず》しくて眩《まぶ》しいほどに綺《き》麗《れい》だった。

元々の端正な顔立ちは薄化粧でさらに際立つように整えられていて、正面に立っていた俺は照れることも忘れてユイに見惚《みと》れてしまっていた。

白いドレスと薄いヴェールが微《かす》かに揺れて、俺との距離が一歩ずつ縮まっていく。

自分の想像を遥《はる》かに超えていた光景に俺の時間が止まっているように息を呑み込んだ。

「……どうかな？」

微かに頬を赤らめたユイが少しだけ心配そうな声で俺に尋ねる。

「よく似合ってて……すごく、綺《き》麗《れい》だ……」

「ありがと、嬉《うれ》しい。」

たどたどしい俺の返答を聞いて、ユイがくすくすと小さな笑い声を漏らした。

完璧に整った美しい一人の女性から、俺がよく知っている年相応の可愛らしいユイに変わる。

そのギャップでようやく我に返ると、忘れてたように今さら心臓が早鐘を打ち始めて顔が一気に熱くなってくる。

「夏臣のタキシード姿も、すごく似合ってて素敵」

「それは……その、ありがとう……で、良《い》いのか？」

「うん。良《い》いと思うよ」

ユイが優しく微笑みながら幸せそうに目を細めて頷く。

（……やばい、ユイの顔がまともに見れない）

身体は固まったように前を向いているけども、視線がユイに合わせられない。

強張った表情を緩めることも出来ず、どんな顔をすれば良いのかも分からないまま視線を泳がせてしまう。

と、そこに横からカシャリとシャッター音が響いた。

「二人の世界に入ってるのも素敵なんだけど、仕事だってことも忘れずにね？」

いたずらめいた楽しそうな恵の声に、素に返った俺とユイが赤くなった顔を背け合った。

そんな二人を見た恵がまたカメラを構えてシャッターを切る。

「じゃあ新郎さん。新婦さんを祭壇の前までエスコートしてくれるかな？」

「え？　エスコートって……」

恵の言ってる意味が分からずに戸惑いの声が漏れてしまう。

いや新郎が新婦を連れて祭壇に向かうのは何度も見たし、何となく分かる。

でもいざ「はい、エスコートして」と言われると、何をすればいいのか全然分からない。

「……夏臣」

俺がどうしたらいいのか困っていると、左腕に温かくて柔らかい感触がそっと触れる。

隣に顔を向けると、ユイが優しく瞳を細めて俺の腕に手を添えていた。

「ユイ……」

腕に添えられた手からユイの体温を感じて、それだけで焦りと緊張が解けていく。

両目を閉じて深呼吸をひとつすると、目を開いてユイに小さく頷いてみせる。

ユイが手を添えやすいように肘を少し曲げると、俺を見上げていたユイが微笑んで頷き返してくれた。

「エスコート、お願い」

「……ああ」

二人で呼吸を合わせてゆっくりと足を踏み出す。

ゆっくり一歩ずつ歩調を合わせながら、天井いっぱいに広がった天窓からの光に照らされているヴァージンロードの上を進んで行く。

重ねられた手からユイのぬくもりを感じながら、仕事でやっているということも忘れて誰もいない教会の中を静かに歩いていく。

「……さっきの、さ」

ユイが俺にしか聞こえない微かな声をくすぶらせる。

「私と夏臣のこと……はっきり答えてくれたの、すごく嬉しかったよ」

ぎゅ、と俺の腕に添えられた手にわずかに力がこもった。

「私と夏臣の関係は、私と夏臣だけのものだって。夏臣が私と同じことを考えてくれてて、すごく嬉しかった」

前を向いたまま、ユイが優しく穏やかな微笑みでそう呟く。

「……聞いてたのか」

「うん、聞こえてた」

ばつの悪い苦笑いを浮かべる俺を横目で見ながら、ユイがくすくすといたずらっぽい笑い声を漏らす。

ユイも俺と同じことを考えていた。

それを聞いて少しだけ驚きつつも、それ以上に胸の奥がじわりと温かくなってくる。

俺もそのことが何だかやたらと嬉しくて、二人を照らす天窓からの光に目を細めた。

それ以上は二人とも言葉を続けることなく、同じように前を見つめながら、同じ歩幅で煌めくヴァージンロードの上をゆっくりと歩いて行った。

◇　◇　◇

そしてその日の夜。

俺が自室でもう寝ようかと思っている頃に、ノートパソコンに一通のメールが届いた。

差出人を見ると『Megumi Yoshitsune』の文字。

「義経さんからってことは……」

そのメールを開くと、文面の中には『カノジョの写真、サービスで多めに入れといたからね♪』というメッセージと共に、データがアップロードされているURLが記載されていた。

「だから彼女じゃないって言ってるのに……」

呆れてボヤきながらそのURLをクリックすると、データのダウンロードが始まってPCのデスクトップに圧縮されたデータが生成される。

データを展開するとフォルダ内にはずらりと写真が並んでいて、その量を見て思わず驚きの声が漏れてしまう。

「こんなに撮ってたのか……」

最初に言っていた通り衣装を中心に写した写真もあれば、普通に俺とユイの顔が写っている写真も入っている。

俺がタキシードに辟易して愛想笑いを浮かべているところも、ユイと二人で腕を組んでヴァージンロードを歩いているところも、休憩中にユイが携帯をいじっているところも、帰りがけに制服姿で歩いている二人の背中まで、様々なシーンがしっかりと切り取られていた。

「……プロのカメラマンって、やっぱりすごいんだな」

ひとつずつ写真を見て行くと、思わずそんな当たり前の感想が口からこぼれ落ちる。

写真の構図はもちろん、ピントの合わせ方、ずらし方、光源の入り方。

その全てが計算されていて、何気なく撮られている場面にもかかわらず、ひとつひとつが本当に綺麗で見惚れてしまうような出来栄えの写真ばかりだった。

「……これは」

その中の一枚、ユイと俺が無邪気に笑っている写真で思わず手が止まる。

俺自身にも記憶にないくらいの何気ない瞬間、二人で他愛もない話をしているだけの一瞬を切り取っただけの写真。

でも学校や外では見せない、俺の前でだけ見せてくれるユイのあどけない微笑みがしっかりとその写真に収められている。

「……やっぱり、めちゃくちゃ似合ってるよな」

予想を遥かに超えて似合っていた純白のドレス姿と、ユイ本来の可愛らしい笑顔。

こんなユイをすぐ隣で見ることが出来て、あの時に勧めて良かったなと改めて素直に思う。

お互いが同じように相手を特別だと思っていて、今の関係を大事にしたいと思ってる。

だからこそ焦って何かを急ぐことよりも、俺たちのペースを大事にしながらこの居心地の良い時間を大事に過ごして行きたい。

そんなことを改めて思いながら、穏やかで優しいお隣さんの笑顔を、時間が経つのも忘れてずっと眺め続けていたのだった。

2章　スイートバニラ

I spoile
“quderella” next doo
and I'm going to give he
a key to my hous

「え〜、この『自分を愛するように隣人を愛せよ』ってはウチの校訓でもあって、聖書の中にめっちゃ出て来るので、まーすごい大事ってことなんでしょうねぇ。現代に生きるあたしには二千年前の考え方とかよく分かんないけどさぁ」

だいぶ勝手な主観を交えてぶーたれながら、教室の檀上《だんじょう》で聖書の一節を香澄《かすみ》が解説する。

伝統あるミッションスクールである東聖学院には、独自のカリキュラムで『聖書』という授業がある。

その名の通り聖書への理解を深める授業となっているわけだが、定期テストの科目としても数学や現国、英語と並んで『聖書』が存在していた。

しかしながら東聖学院は一応はそれなりの進学校で、そもそもが信仰に関しては緩く自主性に委ねている学院なので、テストとは言っても一般科目に影響が出るようなレベルのテストではない。

この辺りを見ていると学校も商売なんだなあと思わされるが、そういう理由もあって香澄のような適当な授業が黙認されたりしているとのことだった（香澄談）。

ヴヴヴ、ヴヴヴ。

（ん？　メッセージか？）

震えたスマホをブレザーのポケットから取り出すと、通知には『ユイ』と表示されていて、その文面にはＵＲＬがひとつだけ貼り付けられていた。

隣を見ると若干興奮気味に瞳を輝かせるユイ。

どうやらまた何か楽しげなものを見つけたらしい。

香澄にバレないように俺もそのリンク先をタップすると、そこには『本格手作りアイスクリームの作り方！』という見出し。

それを確認してもう一度隣の席を見ると、ユイが自分のスマホをちょんちょんと指差してから次に俺を指差して、人差し指と親指で丸を作ってＯＫサインを作ると、最後に俺に向けて小さく首を傾《かし》げる。

『これ、作れるかな？』

ユイのジェスチャーから言いたいことを察して、もう一度さっきのＵＲＬの中をざっと確認してみる。

改めてレシピを確認してみると、ざっくり言えばアイスの素になるクリーム卵液を作って冷やして固める、ということらしい。

（……さほど難しくはないか）

アイスを作った経験はないが内容を見る限りは特に難しいことはなさそうだし、特別な調理器具が必要そうでもない。

まぁ何とかなるだろうと隣の席に向かって親指を立てながら小さく頷《うなず》いて見せると、ユイが表情をぱっと咲かせてスマホにすいすいと指を滑らせる。

『ありがと、すっごく楽しみ！』

そのメッセージに続いて、ユイが好きなアンニュイな猫スタンプが貼り付けられる。

はしゃぎまわっている猫のアニメーションスタンプで、『ごろごろごろ』と喉を鳴らしながらこれでもかと軽快に画面内を跳ね回っていた。

もう一度隣のユイを見ると、現実は微かに口元を緩めている程度。

でも内心はこんなテンションで喜んでるのが、これでこそユイだよなあと緩んでしまう口元を頬杖でごまかす。

「えーと、じゃあこの英訳を余所見してるヴィリアーズさん」

「『Love your neighbors as you love yourself.』です」

「うっ……か、完璧です……」

ユイが立ち上がって即答すると、香澄がぐぎぎと顔を歪めて負けを認める。

「おぉ」「流石」「美しい……」と微かにざわめいた教室内を尻目にユイが席に座る。

姿勢良く窓際で光を浴びている姿はまさに深窓の令嬢で、流暢な発音で喋る英語は耳に心地好く美しい。

そんな風に隙なく整ったユイの姿に教室内の視線が集まっているが、俺の携帯には次々と浮かれてる猫のアニメーションスタンプが送られてきていた。

（うーん、これでこそユイだよなあ）

お外向きの澄ましたクーデレラな横顔を見つめながら、今度こそ我慢し切れずに笑みがこぼれてしまう。

この教室内で俺にしか見えないユイの可愛らしさを堪能しつつ、参考になりそうな手作りアイスのレシピを携帯にメモしていった。

◇　◇　◇

「よし。そしたら早速作ってみるか」

「はい、よろしくお願いしますっ」

やる気を十分にみなぎらせたユイが俺の隣で両手をぐっと握って頷く。

学校帰りにスーパーで揃《そろ》えて来た材料をキッチンに並べながら改めてレシピを確認する。

主な材料は牛乳、生クリーム、卵黄、グラニュー糖。

他のアレンジレシピではここにチョコを足したり抹茶を足したりして味付けをするものもあ

ったが、今回は初めて作るので基本のバニラを忠実に作ることにする。

勉強のために色んなレシピを調べたところ、アイスの生地を作った後に冷やして休ませる工程が大事というのが共通していたので、晩御飯前に仕込んでおけば今日中に食べられるだろうと予想してのタイミングだ。

なので今日は俺もユイも着替えもせず我が家のキッチンに立っていた。

「夏臣のアイス、とっても楽しみだなあ」

俺の手作りを期待して輝かせる青い瞳に、俺もにっこりと頷《うなず》き返した。

「いや、今回作るのはユイだから頑張ってな」

「ん？　私？」

お互いがにこにこ笑顔のまま見つめ合う。

それから俺の言っている意味を理解したユイが、一瞬でこの世の終わりのような表情を浮かべた。

「夏臣が作ってはくれないんだね……そんなの、絶対に失敗するに決まってるのに……私、今日一日ずっと楽しみにしてたのにな……はは……」

「いや俺が作りたくないとかそういうんじゃなくてだな⁉　俺も作ったことないし、それならせっかくだからユイと一緒に作った方が楽しそうだなって思ってさ！　俺が隣でレシピとか作り方を調べながら、手を動かすのはユイって感じなだけで！　な⁉」

あたふたと身振り手振りでユイに説明をすると、やや半泣きのユイがジトっとした半目で俺を窺ってくる。

「ほんとに？　本当は面倒だけど嫌々付き合ってくれるとかじゃなくて？」

「違うって！　その方が一緒に楽しめるかなと思っただけだから！」

「ほんとに？」

「本当だって！」

思いのほかダメージが深かったらしく、なかなか立ち直ってくれない。

その後も何とか説得を続けるとようやく納得してくれて、白い両頬をぱんぱんと叩いて切り替えてくれる。

「早とちりでごめんね。私、頑張るから」

ユイが改めてぐっと両手を握りしめた後、鞄から取り出したシュシュで長い髪を後ろにくくって「よしっ」と気合の入った声を漏らす。

可愛らしいポニーテールを揺らして俺に向かって頷くと、ソフィアにカレーを作った時以来の気合の入り方が可笑しくて俺の方も思わず顔が綻んでしまう。

「色々と調べてはみたけど、基本的には量って混ぜてく工程ばっかりだから気楽にな。まずは牛乳を50グラム量ってくれ」

「はい、まずは牛乳を50グラム量りますっ」

やる気をみなぎらせてるユイと肩を並べながら、初めてのアイス作りに向かった。

◇　◇　◇

「……よし、後は冷やしながら休ませるだけだな」

仕込み終わったアイスの生地が入ったボウルにラップをかけて冷凍庫に入れる。

「ちゃんと美味《おい》しく出来てるかな？」

「分量もしっかり守ったし、心配しなくても大丈夫だろ」

期待半分、怖さ半分で落ち着かないユイを安心させるように答える。

菓子作りはレシピの時点で手順と分量がきっちりと決まっているものが多い。

普通の料理は割と分量や調味料をアバウトに作ってもある程度まとまった味になるし、アレンジも好みで簡単に出来るけども、菓子作りは分量がシビアできっちり守らないと味の崩れが大きい。

でも逆に言えば菓子作りはレシピを正確に守れば大失敗もしにくいということを俺自身の経験上知っていたので、ユイが料理への自信に繋がるかなと思ったのもユイに作ってもらった理由でもあった。

「それに作ってて楽しかっただろ？　それが一番だしな」

二人分のお茶を淹《い》れてユイにマグカップを手渡す。

手渡されたお茶から上がる湯気の向こうで、ユイが少し照れ気味に微笑《ほほえ》んで頷いた。

「そうだね。夏臣と調べながら一緒に作るの、新鮮ですごく楽しかった」

今まで俺がユイに料理を教えるということはあっても、こうやって二人で同じ目線で試行錯誤するということはなかったので、二人で楽しみながらアイス作りをすることが出来た。

そこも思った通りにユイが喜んでくれて、少し誇らしげな気分でマグカップを傾ける。

「じゃあ完成は後の楽しみにして、晩飯の準備もぱぱっと終わらせちまうか」

「うん。私も手伝うからそっちはよろしくね」

「ああ、任せとけ」

楽しそうに微笑《ほほえ》んでくれるユイに向かって俺も同じ様に微笑《ほほえ》みを浮かべながら、今度はいつもと同じように二人で晩御飯の準備を始めたのだった。

◇　◇　◇

そして晩御飯の後。

冷蔵庫の前でユイが息を呑みながらじっと手元のスマホを見つめていた。

「三……二……一……」

ユイがカウントダウンを終えると同時にスマホからアラームが鳴り響いて、同時にユイがリビングにいる俺に振り返る。

「夏臣、出来たよ！」

「ああ、それじゃ冷凍室から出してくれ」

ユイが待ち切れなさそうに冷凍室からさっき仕込んだボウルを取り出す。

わあ、と嬉《うれ》しそうな声を上げるユイの手元を隣から覗《のぞ》き込《こ》むと、しっかりと固まってアイスクリームが出来上がっていた。

ユイが興奮気味に赤くした顔を上げて、にへらっと安心した微笑《ほほえ》みを浮かべる。

「見て、ちゃんと出来てる……！」

「ちゃんと出来てるな」

ユイに手のひらを向けて見せると、ユイも俺に小さな手のひらを合わせてぱん、と小さな音が響く。

「じゃあさっそく食べてみるか」

「うん、食べよう食べよう」

ユイが自宅から持ってきたブランド物のオシャレな小皿に、スプーンでアイスをすくって盛り付けていく。

透き通ったガラスで上品な金縁の模様が彩られた小皿に、出来立ての冷気を微《かす》かに漂わせながら少し溶けたアイスがきらりと光を弾いている。

うっとりして堪《たま》らなそうな溜息《ためいき》を吐き出しながら、ユイが目を輝かせてデザート用のスプーンを構える。

「では……いただきます」

緊張した面持ちでごくりと喉を鳴らしながら、ユイが小さな唇を開いてアイスクリームを口に含む。

眉を寄せたまま神妙な表情でゆっくりと小さな口を動かすと、ユイの白い喉が動いて青い瞳が丸くなった。

「お、美味《おい》しい……っ」

ユイが口元に手を当てて、息を呑《の》むように俺の顔を見る。

俺もユイを追ってアイスクリームを口に運ぶと、濃厚で滑らかなバニラの風味が口の中に溶けて広がった。

「ん、美味いなこれ。よく出来てる」

特別な素材を使ったわけでもないのに市販のアイスとは明らかに違う風味。

味が濃いというか、ミルク感が強いといえばいいのか、とにかく新鮮な味がする。

料理と同じでアイスにも出来立ての美味しさがあるんだろうかと思いつつ、思わず夢中でスプーンを口に運ぶ。

「ふふ、やった」

そんな俺を見てユイが小さな手をきゅっと握って嬉しそうに呟いた。

無意識の独り言が声に出たように、心からの無邪気な微笑みでユイが楽しそうに目を細めている。

思わずその笑顔に見惚れて落としそうになったスプーンを慌てて捕まえる。

「夏臣が本当に美味しそうに食べてくれてるの、すっごく嬉しいな……」

自覚してるのか無自覚なのか、「えへへ」と笑いながらユイがアイスを口に含んだ。

(……今のユイ、やばいくらい可愛《かわい》いな)

あまりに予想外の不意打ちに顔が熱くなって鼓動がうるさくなる。

ウェディングドレスを着た大人びたユイも見惚《みと》れるほど綺麗《きれい》だったけど、でもやっぱり自分にだけ見せてくれる無防備なユイらしさが最高に可愛《かわい》過ぎる。

部屋の隅に視線を泳がせながら身体を落ち着けようと努めると、一方のユイはアイスを口に運んでは頬を押さえて、幸せに溶けてしまいそうな笑顔を満足そうに浮かべていた。

その顔もまたいつも通りのユイで、何とか落ち着きを取り戻して息を吐き出す。

「このアイス、夏臣に美味しいって褒めてもらった思い出の味だね」

「そうなるな、確かに思い出の味だ」

俺もユイに相槌《あいづち》を打ちながら、ゆっくりと溶け始めたアイスを口に頬張る。

何回食べても甘過ぎない口当たりが贔屓目《ひいきめ》なしに美味《おい》しい。
（たまにはこんな風に新しいレシピに二人で挑戦するのも良《い》いな）
いつまでも幸せそうに微笑《ほほえ》んでくれているユイを見ながら、素直にそう思った。

3章　クーデレラの身繕い

I spoile
"quderella" next do
and I'm going to give h
a key to my hous

「……あれ？」

いつも通りにユイと一緒に俺の部屋で晩御飯を食べた後。

使い終わった食器たちを洗おうとして水を流しながら眉をひそめる。

俺の声を聞いて、テーブルの上を拭いていたユイがきょとんとした顔をこちらに向けた。

「夏臣、どうしたの？」

「いや、いつまで経《た》ってもお湯が出なくて」

「え、お湯にならないってこと？」

ユイと同時に給湯器に目を向けるが画面表示には異常はない。

ガスの元栓を見てみても開栓以来触ったこともないので閉じているはずもない。

ガスコンロの火は点《つ》くのでどうも給湯器の方が怪しく思えてくる……が、俺みたいな素人《しろうと》に何が出来る訳でもないので、素直に入居契約時にもらった故障時の緊急連絡先に電話を掛けてみることにする。

「……はい。はい、わかりました。よろしくお願いします」

俺が耳から電話を離して通話終了ボタンを押すと、ユイが心配そうに覗き込んでくる。

「業者さん、何だって?」

「電話じゃ原因が分からないから明日見に来てくれるって」

まぁそうなるよなという予想通りの返事。

でも不幸中の幸いと言うべきか今は六月なので洗い物は水でも問題無いし、断水してトイレが使えないというわけでもないので、せいぜい困るのは風呂くらいだ。

最悪は濡れタオルで身体を拭けば一日くらいどうとでもなる。

どうしても風呂に入りたいなら少し歩けば銭湯も確かあったはずだ。

ユイにもそう説明をすると、「うーん」と頬に手を当てながら俯いて考え込む。

それから顔を上げて両手をぱん、と叩いた。

「それなら今日は私の部屋のお風呂使えばいいんじゃない?」

これは良案だと言わんばかりの笑顔でユイが満足げに大きく頷いた。

確かにユイとはほぼ毎日一緒に晩御飯を食べていて、もうただの友達という以上によっぽど親密な関係ではあると思う。

信頼関係だってちゃんと構築出来てると思うし、ある程度の気心は知れてるし、良い意味で気を遣わなくて良い相手だし、俺を助けるためなら遠慮なく部屋に上げてくれる信用があることも嬉しいと思う。

でも。

「……さすがに、それはだめじゃないか？」

もちろん断じて俺にそんな下心はない。

ユイが純度百パーセントの親切心でそう言ってくれてるのは分かるし、俺だってさすがにそれで何か変な誤解をするほど馬鹿じゃない。

だけど、そういうことではなく甘えてはいけないラインの気がして気後れしてしまう。

「だめって、なんで？」

「何でって……そう聞かれると困るけど……」

当の本人は純粋な気持ちで、俺が気が引けてる理由など欠片も分からないようで首を傾げている。

確かに風呂を借りるだけであって、一緒に入るとかそういうことではない。

トイレを借りたり、キッチンを借りたり、その程度のことなんだとは思う。

そうは思うけども、何故か微妙に異性として意識してしまう俺の方がおかしいのだろうか。

いくら仲が良くて特別な相手だとしても、ちょっと行き過ぎなラインのような気がしてならない。

こんな純粋なユイだからこそ、ここは自分がしっかりしなくちゃだめな所だと思う。

「別に一日くらい風呂《ふろ》に入らなくても大丈夫だって」

「でも私もお風呂《ふろ》入るからついでに　でしょ？　夏場だからシャワーだけでも浴びた方が気持ちよく寝れると思うし」

「まぁ、それは……」

まったくもってその通りの正論を重ねられてちょっと苦しくなる。

普通に考えればユイの言う通り過ぎて、逆に頑《かたく》なに断ろうとしている俺の方がやましい意識があるような感じになってしまう。

ユイの厚意を邪険にしないような上手《うま》い言い訳が見つからずに唸っていると、ユイが肩を丸めて申し訳なさそうに俯《うつむ》く。

「夏臣を困らせたかったわけじゃなくて。いつも夏臣にはお世話になってばっかりだから、こんな時くらい私がって思ったんだけど……嫌な思いをさせちゃったならごめんね」

眉を下げた困ったような苦笑いで、ユイが申し訳なさそうに微笑《ほほえ》む。

「いや別に嫌な思いをしたとか、そういうことじゃなくて……」

ユイにそんな顔をさせたことが申し訳なくて言葉尻が濁ってしまう。

「……言っても俺も男だからさ。甘えちゃいけないラインもあるかなって思っただけで。俺の方こそ遠回しな言い方で誤解させて悪い」

「え……男だから、って……」

苦笑を浮かべて謝る俺を見て遠慮していた意図を理解したのか、微かに目を丸くしたユイが頬を赤らめて俯く。

「ご、ごめん……！　私、そういうことは何も考えてなくて……！」

「ああいや、そんなことは俺も分かってるから全然……！」

さっきとは違う気まずさでユイが視線を泳がせながら指先をもじもじと絡めると、俺もユイとは逆方向の天井に視線を外しながら痒くもない頭の後ろ辺りを掻く。

お互いに普段は特別に異性として意識をしていない距離感だからこそ、急に湧いたその雰囲気に何と言っていいか分からずに言葉を探す。

「……でも、ね」

ユイがゆっくりと深呼吸をして意を決するように小さく頷くと、まだ赤みの引かない顔を上げて俺を見る。

「夏臣がそんな人じゃないって、私が一番よく知ってるから」

両手を胸の前でぎゅっと握って、照れた顔を綻ばせながらそんな言葉をくれる。

こんな話で気まずくなっていたはずなのに、それでも無防備な安心しきってる笑顔を俺に向けてくれていた。

「私のことを思って気を遣ってくれてたのは嬉しい。でも、私は大丈夫だから。私だってこんな時くらいは夏臣の力になりたいよ」

「それとも、これは私の『わがまま』って言ったら、夏臣も納得してくれる？」

いたずらっぽい笑みを浮かべながら、俺の真似をした言葉選びで冗談めかしたようにユイが微笑む。

俺が言っていることを理解した上で、それでも自分は構わないと言い切ってくれる。

異性としての線引き以上に、特別な相手としての信頼。

そんなことまで言われてしまったらもう断れるはずがない。

ぐうの音も出ないほど完璧な返され方に俺も笑いながら白旗をあげた。

「ユイにそこまで言ってもらえたら降参だ」

「夏臣自身の決め台詞は効果抜群だね」

両手を上げてそう答える俺に、ユイも可笑しそうに笑ってそう答えた。

◇　◇　◇

「お風呂《ふろ》の使い方は同じだし分かるよね。じゃあゆっくり」

何やら風呂場で慌ただしく準備をしてくれた後、張り切ったテンションでユイがそう言い残して脱衣所を後にする。

「ユイ……」

たまには俺の世話が出来るということで、かなりおもてなしの気合が入っているらしい。

俺とユイが住んでいるマンションは、玄関から入ってすぐの扉に洗面所を兼ねた脱衣所と室内洗濯機置き場、その奥に風呂《ふろ》があるタイプの間取りで、部屋の作りは俺の部屋もユイの部屋もほぼ同じなので設備の使い方に関しては何の問題もない。

風呂《ふろ》の用意自体はいつも晩御飯前に用意してるらしく、すでに浴槽内にはお湯が張ってあるとのことで、脱衣所の向こうの浴室には暖かそうな湯気が立ち込めており、爽やかで甘さのある良い匂いが立ち込めていた。

久しぶりに入ったユイの部屋の中もそうだったが、洗面所も脱衣所もユイの掃除がしっかりと行き届いていて清潔感がある。

洗面所には見たこともない色々な小物が並んでいて、自分の部屋とほぼ同じ作りのはずなのに女の子らしい可愛《かわい》らしさや華やかさでまったく別の建物みたいだった。

(ユイもしっかり女子らしいケアとかしてるんだな……)

男の俺には分からない数々の小物たちを見ると、あの整った容姿を維持するのにちゃんと日頃の努力があるんだなとしみじみと実感しつつ、シャツを脱いだ瞬間。

「あ、ごめん夏臣。バスタオル渡すの忘れて――」

脱衣所のドアが開いて、バスタオルを胸に抱えたユイと目が合う。

ズガンッ!! とドアが壊れそうな勢いで閉まって、あまりに一瞬の出来事に思わず身体《からだ》がビクッと跳ね上がった。

「S-S-Sorrysorrysorry! I didn't mean to, I just thought, I forgot to give you the towel, so I just sorta walked in and aaaaaaaahhhhhhhhhhhhhh!!!」

扉の向こうでユイが聞いたことのない叫び声を上げながら床にうずくまった音が聞こえる。

「い、いや別に上脱いでただけだし、そんな気にすることでも……」

「I, I didn't see! Didn't see a thing! Forgive me, I'll forget whatever I saw! I'm so-so-so-sorrysorrysorrysorry, ahhhahhahhwaaahhh!!!」

急いでシャツを着直すと脱衣所の前で突っ伏して丸くなっているユイを見つけて、何とか必死に落ち着かせるよう全力でなだめ続けた。

◇　◇　◇

「ふー、ありがとなユイ。めちゃくちゃ気持ちいいお湯だった」

借りたバスタオルで髪をぐしぐしと拭きながら、リビングのソファの上で両膝を抱えて丸くなっているユイに声を掛けた。

「そ、それなら良かった！　さっきはパニックになっちゃってごめんね!?　あ、すぐに冷たいお茶淹《い》れるね!!」

跳ねるように勢いよく顔を上げたユイがまだ赤い顔を隠すようにして、瞬時にキッチンへと滑り込む。

手持無沙汰にユイが自分の髪をやたらと撫で回しながら、「えっと、えっと」とお茶を用意してくれる。

どうもまださっきの動揺から立ち直り切ってはいないらしい。

あんなにパニックになってるユイを見たのは、この部屋でGを追い払った時以来の気がする。

男の上半身裸くらい大したことないだろうにとは思いつつ、俺もなるべく出来る限り平静を装《よそお》いながらソファに座らせてもらう。

ちなみにユイの家の風呂《ふろ》は今まで入った風呂《ふろ》の中でダントツに気持ちのいい風呂だった。

カビひとつないピッカピカの浴室の中は爽やかで甘い匂いが充満していて、入浴剤で色付いたお湯は少しとろみがありしっかりと身体《からだ》を包み込むような滑らかさ。

浴槽の縁には首が当たる位置に頭を預けられるバスピローが設置してあって、これ以上ないほどにリラックスした入浴を楽しませてもらった。

シャンプーやボディソープ、ヘアトリートメントも見たことのない高級そうな容器のものが並んでいて、商品名はもちろん説明文も全て英語で明らかに日本製のものでなく高価なものだと一目で分かった。

洗面所に並んでいたケアグッズだけでなく、男の俺には想像も出来ないほどの陰の努力があるんだなあと、さっき以上に思い知ったりしていた。

「はい、冷たい紅茶」

「サンキュー、ありがたく」

ユイが淹《い》れてくれたアイスティーを口に含むと、爽やかなレモングラスの香りが鼻を通り抜けて、冷たい紅茶が火照《ほて》った身体《からだ》に染《し》み渡《わた》っていく。

「あ、お湯の温度とか大丈夫だった？　私が使ってるバスオイルとか勝手に入れちゃったんだけど匂いとか大丈夫か確認するの忘れてて……あ、バスグッズもちゃんとお手入れしてるからキレイだからね？」

「お世辞抜きで最高だったから大丈夫だ、ちょっと落ち着けって」

心配そうにやや早口でまくしたてるユイを落ち着かせると、俺の返事を聞いたユイがほっとしたように冷たい紅茶を傾ける。

はぁと冷えた息を吐き出して、ユイ自身もようやく落ち着きを取り戻したようだ。

「俺は入浴グッズとか細かいことはわからないけど、でもめちゃくちゃリラックスさせてもらったよ。風呂ってこんなに良い時間だったんだなって思うくらい」

「ほんと？　お気に入りのバスオイルだからそう言ってもらえると嬉しいな」

ユイが少しだけ誇らしげに照れながら、両手で持ったグラスをちびちびと傾けて微笑む。

わざわざ俺のために色々と準備をしてくれたんだなと思うと、改めて感謝の気持ちと嬉しい気持ちが込み上げて来て、ユイに甘えさせてもらって良かったなと今更ながら思う。

「シャンプーとかって外国のブランド品なのか？　ユイも色々と美容に気を遣ってるんだな」

「あー、うん、まぁ……一応は？」

ユイが気恥ずかしそうに苦笑しながら首を竦《すく》める。

「私はあんまり気にしてないんだけど、ソフィーがうるさくて。『今は若さで何とかなっても、スキンケアもヘアケアも五年後、十年後の未来への投資なんだから』って色々と送ってくれるから」

苦笑いを浮かべつつも、世話焼きのお姉ちゃんに感謝の笑みを漏らす。

妹大好きなトップモデルがわざわざ選んで送って来てるものなら、俺には分からなくてもさぞかし良《い》い物なんだろうなと納得だった。

値段を聞いたら目が飛び出すようなものが並んでたのだろうけども、ユイの容姿を見てるとそりゃあそうかと納得してしまいそうな気もする。

俺がそんなことを考えていると、ユイが面白いことを思いついたように両手をぱんと合わせて音を立てた。

「今は男の人もスキンケアするって聞くし、夏臣もやってみる？　せっかくお風呂《ふろ》上がりで一番良いタイミングだし」

「いやいやいや、いいっていいって。俺なんかじゃ価値も分からないしもったいない」

「誰だって最初は使ってみないと分からないでしょ？　手間はかかるけど気持ちいいよ、ね？」

　そう言ってユイが洗面所から腕の中いっぱいに色々と持って来てテーブルの上に並べる。

　もちろんその全てが例に漏れず銘柄も説明書きも英語で、ソフィアが送って来た高級品だと一目で分かる品々たち。

「本当は浴室内で保湿のボディクリームからなんだけど、もう上がっちゃったしお試しでフェイスケアだけにしとこっか」

「じゃあ、せっかくなら……」

　にこにこと楽しそうなユイを見てると、頑《かたく》なに断るのも何となく気が引けて頷《うなず》いてしまう。

　何だか妙な風向きになって来たけども、これもユイのおもてなしの一環だと思ったら最後まで甘えてさせてもらおうと流れに身を任せることにする。

「まずは化粧水で肌に水分を浸透させて、次は乳液で乾かないように保湿ね。こういう感じで顔のマッサージしながら染《し》み込《こ》ませる感じで」

　俺の手の上に化粧水を出してから、ユイが自分の指先と手のひらを使って自分の顔を使ってふにふにとマッサージのお手本を見せてくれる。

　その仕草が可愛らしくてずっと眺めていたくなる気持ちを抑えつつ、俺も見様見真似《みようみまね》で手のひらの化粧水を自分の顔に塗り込んでいく。

「確かに、これは……」

何となく顔の上に薄い水の膜が出来るような感じで、肌の中に水分がじわじわと染《し》み込《こ》んで来る感覚がある……ような気がする。

むず痒いような気持ちいいような、不思議な感覚だ。

「もっと細かいところまでちゃんと塗らないとだめだよ。隅々までしっかりとやらないと。ほら、ちょっと目閉じて？」

ユイが楽しそうに声を弾ませながら、化粧水が乗ってないところを細い指先で撫《な》でて塗り込んでくれる。

流石というか、慣れた手つきで気持ちいい。

こんな風に顔を触れられるのは少し気恥ずかしい感じもするけども、ユイの厚意に水を差すのも違う気がしてされるがままに身を任せる。

「どう、気持ちいいでしょ？」

「確かに……めちゃくちゃ気持ちいいな、これ……」

正直に言えばユイにしてもらってるからというのが大きい気がするが、化粧水自体も気持ちがいい気はするので余計なことは言わずに呑み込む。

ユイの手も最初は恐る恐るだったのが、だんだんと大胆にしっかり俺の顔に触れてマッサージをしてくれる。

「次は乳液だね。じゃあそのまま目閉じてて」

さっきよりも声を弾ませたユイが自分の手のひらに乳液を取ると、細い指先で俺の顔をふにふにと揉みほぐしながら乳液を滑らせて、さっきの染み込ませた化粧水を閉じ込めるように保湿していってくれる。

血行が良くなってるのか、保湿のお陰なのか、顔全体がじんわりぽかぽかしてきてめちゃくちゃ気持ちが良い。

「くす。夏臣、すごく気持ち良さそうな顔してる」

「いやだってユイの手、めちゃくちゃ気持ち良くて……」

ユイがくすくすと楽しそうな笑い声を漏らしながら、丁寧に丁寧に俺の顔を撫《な》でていく。

化粧水も乳液も俺にはもったいないとは思いつつも、それ以上にユイの指先と手の感触が心地好くてついつい甘えっぱなしになってしまう。

ユイも嬉しそうにしながら、丁寧に時間をかけマッサージをしてくれているようだった。

「毎日こんなにしっかりと手入れをしてるんだから、そりゃあユイの肌も髪もこんなに綺麗《きれい》なわけだよな……」

その心地良さに酔いしれながら不意に素直な感想がこぼれる。

「え……？　綺麗って……」

わざわざ口には出さないだけで日頃から思っていることだし、特別なことを言ったつもりもなかったが、小さく声を漏らしたユイの手が止まる。

一瞬だけ丸くなった青い瞳がゆっくりと優しく細まって、赤くなった頬が緩む。

ユイが自分の動揺を気付かれないように何とか手を動かして平静を装《よそお》う。

「……そんな風に、思ってくれてたんだ」

上ずりそうになる声を何とか堪えながら、嬉《うれ》しさを噛《か》み締《し》めるようにユイが呟《つぶや》く。

本音を言えばやや面倒だなと思いながらも、ソフィアに言われて仕方なく習慣でしていた日頃のケア。

でもそう言ってもらえると、続けてて良かったと口元が緩んでしまう。

もうフェイスマッサージも一通り終わってはいたが、にやけてしまっている顔をごまかす時間を稼ぐために、もう少しだけ長めに小さな手を動かしていた。

◇　◇　◇

ちなみにその翌日の朝。

「……結構違うもんだなぁ」

夏臣が起床して顔を洗った後、鏡で自分の顔を見て呟く。

触ってみるとやたらと肌に弾力を感じて、スキンケアって本当に効果あるんだなあと夏臣も実感したりしていた。

4章　ハンバーグとからかい定食

I sp
"quderella" next
and I'm going to giv
a key to my h

「さすが夏臣《なおみ》はエプロンの着こなしが違うなぁ」

この一年間でだいぶ使い込まれたエプロンを付けた俺を見て、慶《けい》が腕を組みながらうんうんと満足気に頷《うなず》く。

「流石に一年も使ってれば誰でも着慣れるだろ」

「そもそも普通の男子高校生は年に一度も使わないからな」

俺の返事を聞いた慶がいつもの軽い調子でけらけらと笑って応えた。

今日の家庭科の授業は家庭科室での調理実習。

献立はハンバーグを作るということだが、俺は日常的に作り慣れた料理のひとつなので手順を見ずとも問題なく作れる。

実践で作り慣れた俺の作り方と教科書のレシピに多少の違いはあれど、基本的な作り方は同じだし何の問題もない。

が、ひとつだけめちゃくちゃ困った事態に直面していた。

「片桐《かたぎり》さん。どうぞよろしくお願い致します」

同じくエプロンに三角巾を付けたユイが、敢えて他人行儀にぺこりと頭を下げる。

実習の班分けはくじ引きで決められたわけだが、まさかのユイと同じ班。

クラスメイトたちは俺とユイと仲が良《い》いことはもちろん、晩御飯を共にしているなどとは夢にも思っていないので、お互いにこの微妙な距離感が実にやりづらい班編成だった。

「片桐くん、よろー」

ユイの隣で手を上げた新城《しんじょう》陽菜《ひな》の緩い声が響く。

陽菜は長い癖毛と眠そうな垂れ目が印象的で、いわゆる白ギャル系と言われるクラスメイトの女子。

性格は人懐っこくてマイペースで誰に対しても物怖《ものお》じせず、男女問わずに自然体で接するのでウケが良く友達が多い。

俺とは特に接点はないけどもユイとは一緒に話をしてることが多く、クラスの中では一番仲が良《い》いとユイから聞いたことがあった。

もちろん教室内では俺と一緒にいる時のような顔は見せない程度ではあるけども。

「へー片桐くんって、料理得意なん？」

「おー、夏臣は家事スキルやベーぞ。嫁に欲しいくらいだな」

「そーなんだ。じゃあ今日はお任せで良《い》いカンジだね、ラッキー」

陽菜と慶が盛り上がっている横で無表情《クーデレ》のユイと目が合う。

ユイと同じ班なのに会話がないのも変だし、かと言っていつもの調子で話をすれば当然、慶にも陽菜にも余計な誤解を生む可能性もある。

なので、何とか自然に『ただのクラスメイト』として振る舞い続けないといけない。

普通に会話をするだけならば何の問題もないが、調理実習という共同作業の中では油断してしまう可能性もあるので気を引き締める。

「よろしく頼むよ、ヴィリアーズ」

「はい。こちらこそ」

同じことを考えているであろうユイとアイコンタクトをしながら頷《うなず》き合った。

まぁ料理しながらの一時間程度あっという間だし、どうにでもなるだろう。

余計なことをしなければ良いと気楽に肩の力を抜いてチームメイトたちに振り返る。

「したら夏臣先生、適当に指示よろしく頼むぞ！」

「片桐せんせー、よろー」

慶と陽菜が声を揃《そろ》えて俺に指示を仰ぐ。

場を仕切ったりするのは得意ではないが、慶と陽菜からすっかり先生の位置付けにされてしまっているので仕方なく一歩前に出ることにする。

「じゃあ最初はまず手を洗うところから。指の間とか爪の間もしっかりとな」

俺が水場でシャツの袖を捲《めく》って折り返すと、ユイも続いて隣で同じ様にシャツの袖を捲《めく》る。

するとそこへユイの肩越しに陽菜が顔を出した。

「お、ユイちん、かわいーブレスレットしてんね？　どこで買ったん？」

その声に俺とユイが秒で袖を下げる。

「え、どしたの？　別に隠すことないじゃん、アクセくらい恥ずかしがるもんでもないっしょ」

「いえ、別に隠したわけではなくてですね……！」

ユイが自分のブレスレットを必死に隠しながら言い訳を探す。

どうも陽菜は俺のブレスレットには気付かなかったようで、珍しく顔を赤くしているユイに食い付いている。

その隙に俺の方のブレスレットを外してポケットにしまい込むと、何事もなかったかのように袖を捲《めく》り直して手を洗い始めた。

「よし、これ以上ないくらい手がぴっかぴかになったぜ！　で、次は何すればいい？」

「慶はほんとにいいやつだなぁ」

何も気付いてないまま、十二分に洗った手を見せびらかしている慶に和まされる。

「じゃあ手を洗ったら、次は食材の仕込みだな」

「仕込みってーと、どーゆーこと？」

「あらかじめ材料を切ったり味付けしたりして置いとくことだな」

陽菜の質問に答えつつ気を取り直して机の上の食材を四人で囲むと、その隣に先生から配られたハンバーグの作り方の書かれたプリントを並べる。

俺が普段作っているほぼ繋《つな》ぎを使わない肉々しいハンバーグと違って、今回の実習では合《あ》い挽《び》き肉、玉ねぎ、パン粉、牛乳、卵を混ぜて焼くスタンダードなレシピ。

今日は授業なので先生の指示通りに進めていくことにする。

「じゃあまずは飴色《あめいろ》玉ねぎを作るから、誰か玉ねぎをみじん切りにしてくれるか？」

「うち、ぶきっちょだから包丁とか苦手〜」

「そうだな、ここは夏臣先生の包丁さばきの見せ所じゃないか？」

「お前らは実習する気あるのか」

全く参加する気なさそうに手を振る慶と陽菜にジト目を送りつつ、仕方なく俺が玉ねぎを刻むことにする。

「はい、包丁とまな板。玉ねぎはここに置いとくね」

「おう、サンキュー」

いつものようにユイが隣から俺の調理のサポートをしてくれる。

まな板の位置から玉ねぎの置き方まで、俺の手が動かしやすい位置に自然に置いてくれるのがとてもスムーズに調理が出来てありがたい。

俺の家に来始めた頃は当然こういう連携も全然取れなかったが、今は本当に呼吸が合うようになって欲しいタイミングで欲しいものを出してくれる。

「へー、ユイちんってば料理手慣れしてんだね～。片桐せんせーと夫婦みたい」

俺の手から玉ねぎが滑り落ちて家庭科室の床を転がっていった。

慶が慌てて転がっていく玉ねぎを追って席を離れる。

「わ、私も一応は一人暮らしですので、少しくらいは……！」

ユイが青い瞳を盛大に泳がせながら、「あはは」と明らかに普通じゃない空笑いを浮かべて必死に言い訳を並べる。

それを聞いた陽菜がうんうんと納得したように頷きながらにこにこと笑う。

「なるほど、ユイちんはほんと偉過ぎだねぇ。うちと同い年とは思えないわ～」

「い、いえいえ、本当に私なんて夏臣と比べたら全然で……！」

「ん？　ナオミ？　ナオミって、片桐せんせーのこと？」

「あ、いや……！　えっと、その……か、片桐さん……？」

陽菜が眉をひそめて、視線を泳がせているユイをじっと見つめる。

何か言いたげな陽菜の視線から目を逸《そ》らして、らしくない空笑いをしながらユイが頬に冷や汗を伝わせた。

そしてにっこりと笑顔を浮かべた陽菜がユイの腕をぽんっと叩《たた》く。

「ここはイギリスじゃないんだから、男子を名前呼びなんてしたら誤解されちゃうぞ？」

「W-Whoops, I misspoke...! Thank you for pointing that out!」

陽菜のありがたい勘違いに流暢《りゅうちょう》な英語で全力で乗っかりながら、あははとユイらしくない大げさなリアクションで何とかその場をごまかしていた。

◇　◇　◇

「タネも完成したし、そしたら最後はあと焼くだけだな」

その後、飴色《あめいろ》玉ねぎも無事（？）に完成し、合《あ》い挽《び》き肉をベースに全ての材料を混ぜ終え、残すは最終調理の焼き上げだけになった。

丸めてお手玉をして空気を抜いたハンバーグのタネを囲んでいると、班メンバーの視線が俺に集まる。

「最後は夏臣が焼いてくれよ。ここまで来て最後で失敗したくないし」

「うちも同感。タネ捏《こ》ねて腕パンパンだから、後よろー」

「私も同意見です。最後はよろしくお願い致します」

三人から妙な信頼感でバトンを渡されてしまう。

そこまで言われて断る理由もないので一応手順のプリントに書いてある手順を確認すると、『フライパンで焼いて中まで火を通す』としか書いてない。つまりここはある程度は好きにやってても許されるはずだ。

せっかくみんなで作ったものだし、自分が出来る範囲でベストを尽くして美味《おい》しいハンバーグにしたいと思って考えてみる。

「じゃあ最後の仕上げは任せてもらうな」

密《ひそ》かに気合を入れつつコンロの前に立つ。

まずは油を引いたフライパンを強火で熱してハンバーグたちを並べる。

少し焼けた音がし始めたところで弱火にして、ハンバーグたちに上からふわっとアルミホイルを被《かぶ》せた。

「え、何そのワザ。見たことないんだけど」

見慣れない光景に陽菜が興味を示して、俺の隣からフライパンを覗《のぞ》き込《こ》んでくる。

「ハンバーグも色んな焼き方があるんだけど、これは肉汁を閉じ込める焼き方のひとつだな」

少し低めの火力でじっくりと火入れをすることで、肉汁を極力外に出さずに中まで火を通す。

ただしそれだけだと表面に旨味《うまみ》である焼き色も付かないし、フライパンに接してない側がなかなか焼けない上に中まで火が通らない。

そこでふわっと載せたアルミホイルで保温をしつつ適度に蒸気を逃がすことで、その全てを解決する焼き方のひとつだった。

水を入れて蓋を閉めて蒸し焼きにするやり方もあるし、設備があれば表面を焼いてオーブンに入れたりもする焼き方もあると陽菜に説明をすると、俺の隣で懐っこい笑顔を浮かべながら素直に楽しそうな声を上げた。

「ほえ～、片桐せんせーってマジで料理詳しいんだね。びっくりー」

「料理好きな人なら誰でも知ってるようなことだから、自慢するようなことじゃないけどな」

「それを高校の調理実習でさらっとやってんのがすごいんだって。謙遜すんなよ、この～」

けらけらと笑う陽菜に腕を肘でちょんちょんと小突かれる。

こういう感じなら、確かにみんなに好かれるわけだ。

今まで陽菜とろくに話をしたこともなかったが、嫌味のない軽いノリで感情表現も素直なので、クラス内でも人気者なのは納得出来た。

「もうすぐ焼けるから席に座って待っててくれ」

「はいはーい。じゃあ後は片桐せんせーよろ～」

素直に陽菜が俺の言うことに従って席に着く。

するとその隣で、ユイがややムクれ顔で面白く無さそうな顔をしていた。

「ユイちん、どしたん？　何かイジけた顔して」

「そんな顔してませんけど」

「え、その返し、マジだ」

ユイにあまりに普通に返されて陽菜が戸惑う。

陽菜が「ん～？　んん～？」と首を捻りながら、やはり納得がいかずもう一度ユイに顔を向ける。

「だって今まで見たことないような顔してるけど」

「私は普通ですけども」

「あ、そんな感じかぁ。なるほどねー」

はいはいはい、と陽菜が大きな垂れ目をにんまりと細める。

それからユイの耳元に顔を寄せると、ユイにしか聞こえない小声でぼそっと呟く。

「うちと片桐せんせーが仲良くしてるのにジェラっちゃった？」

「じぇらったって……」

陽菜に言われてる意味が分からず、ユイがハテナを浮かべながら上を向いて考える。

すぐにその意図に気付いたユイが両目を丸くして、一瞬で顔が赤く茹《ゆ》で上《あ》がった。

「ち、違います……！　私、別にそんなつもりじゃっ……‼」

ユイが泣きそうになりながら慌てふためくと、にししといたずらめいた笑顔で陽菜がユイの頭を撫でる。

「おーよしよし、そんなにうちを独占したいの？　ユイちんってばカワイーやつめー」

「……………ふぇ？」

間抜けな声を出してユイの動きが固まる。

「だいじょーぶだよ、うちは片桐せんせーよりもずーっとユイちんの方が大好きだから安心してね？　よーしよしよし〜♪」

陽菜が子供をあやすようにユイの頭を撫《な》で続ける。

「あ……いえ、その……はぁ……」

ユイが笑っていいのか泣いていいのか、困ればいいのか照れればいいのか、どんな顔をすればいいか分からず机に突っ伏して丸くなった。

「……新城さん……ありがとう、ございます……」

何とかギリギリその一言だけを搾り出すと、真っ赤な耳を覗《のぞ》かせたままユイが動かなくなる。

その仲睦まじそうなやりとりを見ていた慶が俺の隣に寄って来て俺を覗き込む。

「女子同士は色々と大変だなあ。オレも夏臣のこと撫《な》でてやろうか？」

「要らね」

けらけらと楽しそうに笑う慶を横目に、俺はハンバーグの焼き具合をチェックしていた。

◇　◇　◇

「片桐せんせーの手際《てぎわ》、マジでヤバ。これお店で出て来るバーグじゃんね……」

「夏臣のハンバーグはさんざん食べたけどまた腕を上げたなぁ」

食欲をそそる焦げ目が付きつつもがっちりと肉汁を閉じ込めてあるハンバーグを見て、陽菜が本気のトーンで呟《つぶや》いて、慶は手をあごに当てて唸《うな》った。

ソースについてもプリントで言及がなかったので、染《し》み出《で》た肉汁にバターを溶かしてケチャップとソースを混ぜ、それを少し煮詰めて旨《うま》みを凝縮したソースをかけてある。

普段のレシピなら何か付け合わせの野菜でも添えるが、今日は授業の範囲なので割愛。

慶は去年に散々俺の練習に付き合ってくれたお陰で、俺のハンバーグも当然何度も食べているのでよく知っている。

なのでその慶が唸っているのを見て、俺も少し誇らしい気持ちになった。

「もう出来た班もあるので、焼き上がった班は順次食べちゃって下さいねー」

俺たちの班が作り終えたのを見て、家庭科の先生が部屋の中に声を掛けた。

他の班は早いところでもせいぜい今から焼き始めるところだったが、うちの班はすでにごはんの配膳まで終えていたので先に食べ始めることにする。

「「「「いただきます」」」」

四人の声が重なってそれぞれがハンバーグを口に運ぶと、陽菜と慶の目がゆっくりと丸くなっていく。

「わ、何これ……ちょー美味《おい》しいんだけど……」

「夏臣の料理は調理実習で出てくるレベルじゃないよなあ、マジで……」

二人が漏らしたコメントを聞いて、ユイが誇らしげに「うんうん」と頷《うなず》く。

ユイも続けて小さな口にハンバーグを運ぶと、クーデレラの表情が幸せそうに綻んだ。

「ユイちんもそんな幸せそうな顔すんだね。マジで可愛《かわい》過ぎ〜」

「はい、片桐さんが作って下さったハンバーグがとても美味《おい》しかったので、つい」

緩んだ表情を隠しもせずユイが二口目のハンバーグを箸先で上品に口へ運ぶと、もう一度感嘆の溜息をついてこくこくと頷く。

「美味《おい》しいです、本当に」

普段は物静かな美しさを佇《たたず》ませているユイが、年相応の笑顔で幸せそうにハンバーグを頬張っている姿を見て、陽菜と慶が唖然《あぜん》として視線を見合わせる。

とてもクーデレラとは呼べない微笑みを見た二人の素直な反応が可笑《おか》しくて、俺からも思わず小さく笑い声が漏れてしまった。

(この教室内の誰もが、こっちが本来のユイだなんて思いもしないだろうなぁ)

別にユイは外で敢《あ》えて笑わないようにしてるわけではないし、そもそもが感受性が豊かで表情自体は多い方だ。

ただそれが自然に出てしまうのは俺と二人の時というだけ。

俺自身もそこまでユイに心を許されてることが優越感の部分もあって、緩んでしまう口元を手で隠してごまかす。

「んでもさ。うち、片桐せんせーと絡《から》んだことなかったけど、実はめっちゃ話し易《やす》いよねー。めっちゃ良《い》い人オーラ出てるし、料理もちょー上手だし」

陽菜が懐《なつ》っこい顔を俺に向けて微笑《ほほえ》む。

「そうか？　別に普通だろ」

「いやいや、これがフツーとか感覚おかしいっしょ。もっと良《い》い人自覚した方がいーよ」

「分かる、それ分かるなぁ新城。夏臣は自己評価が割とおかしいんだよな」

うんうんと慶と陽菜が意気投合して頷《うなず》き合う。

「感覚がおかしいって言われてもな……」

空気感の柔らかさで言えばむしろそれを言ってる二人の方が圧倒的だし、そもそも俺は愛想《あいそ》も悪いし誰とでも仲良く出来るわけでもない。

何度もユイに自称した通りわがままではあっても、『良《い》い人』なんてカテゴライズされる人間ではないと自分では思う。

「ね、ユイちんもそう思わない？」

「思います。間違いなく良《い》い人です」

同意を求められたユイも小さな口を動かしながら即答してこくこくと頷《うなず》く。

まぁ……ユイに関してだけは特別枠で甘い自負はあるので言われても仕方ないが、それでも相対的に自分が良《い》い人と言われるのはいまいち納得出来ずに首を傾《かし》げる。

陽菜がそんな俺を眺めながらにんまりとした笑顔を向けてくる。

「余裕あるし、ガッツいてないし。そーいうの、女としてはぐぐーっと来ちゃうよねえ？」

陽菜の発言でユイの動きがピタッと止まった。

青い瞳を微かに丸くしてギギギと軋《きし》みながら隣の陽菜に顔を向ける。

「よく見るとフツーにカッコいーし、片桐せんせーのカノジョになったらすごい大事にしてもらえそう、みたいな？」

にひひと笑う陽菜を信じられないものを見るようにユイが目を見張らせて、口に運ぼうとしていたハンバーグを皿の上にぽとりと落とした。

「いや分かる、夏臣はきっとカノジョには激甘そうだもんなぁ。オレも女だったら惚れてるし」

「なんだよそのイメージ。勝手な妄想で話進めんな」

陽菜に乗っかった慶がにやにやと笑いながら肘で突ついてくる。

俺自身多少なりとも甘やかしてしまう心当たりはあるが、こういうイジられ方は慣れていないので軽いあしらい方が分からずに困る。

そんな俺の目の前では、ユイが誰にも気づかれることなく密かに青ざめて口元を引きつらせていた。

「ね、ユイちんも片桐せんせーアリだと思わない？」

「へっ……？」

突然の陽菜のフリを受けて、ユイが何とかギリギリで再起動する。

「そ、そうですね……私も、すごく……片桐さんは魅力的だと思ってます、けど……」

ユイが震えてしまいそうな声を必死に抑えながら、机の下の手をぎゅっと握り込む。

そのまま何だか泣きそうな顔で俺を見上げてくる。

ユイの答えを聞いた陽菜がにやぁと笑って俺を見た。

「だって、片桐せんせー？　こんなに可愛いユイちんが魅力的だって。ヤバくない？」

「……えっ？」

陽菜がユイの肩を抱き寄せながら、俺にいたずらめいた上目遣いを送ってくる。

「こんなラブコールもらったら、オトコとして頑張っちゃうしかなくない？　ねぇ？」

「……えっ？　……えっ⁇」

何が起こってるのか分からないといった表情のユイが、俺と陽菜の間で戸惑った視線を盛大に泳がせる。

そして意地悪く微笑む陽菜に、溜息を吐き出して肩を竦めながら答えた。

「ヴィリアーズは真面目なんだから、あんまりからかってやるな」

「はーい、ごめんねー？　ユイちんが可愛《かわい》くてついついー」

「えっ……？　か、からかっ……えっ……？」

両手を合わせながら陽菜がぺろっと小さく舌を出してユイに頭を下げる。

ようやく自分がからかわれていたことに気付いたユイが一瞬で赤く茹で上がった。

そして首まで赤くしたユイが何かを言いかけては呑み込んで、また何かを言いかけては呑み込んで、そして最後には何も言えないまま肩を丸めて俯《うつむ》いてしまう。

「おーおー、ヴィリアーズ嬢も大変だなぁ」

その一連の流れを見ていた慶が、俺の隣で楽しそうにけらけらと笑い声を上げた。

◇　◇　◇

そしてその日の晩御飯時。

「本っ当に、ごめん……！　夏臣が私のために距離感を考えてくれてるのに……私、全然だめだめで……っ……！」

ユイが俺の部屋を訪ねるなり、開口一番に両手で顔を隠しながら謝罪した。

「別にいいって。俺も普通に失敗してたし、ユイもイジられた被害者なんだし」

明らかに楽しんでいた陽菜の懐《なつ》っこい笑い顔を思い出しながらユイをなだめる。

結果として別に何か問題があったわけでもないし、俺が謝られることは何もない。

強いて言えば陽菜が俺にも声を掛けて来るようになった程度で、むしろユイを交えて話をしてる分には良い隠《かく》れ蓑《みの》になるくらいだ。

「それでも今日の失態は酷過ぎるというか……あぁ、ほんとに私だめだぁ……」

ユイがクッションに顔を埋めて丸くなった。

髪の隙間から赤い耳を覗《のぞ》かせながら「うぅぅ」と呻《うめ》いているユイが可愛《かわい》らしくて、思わず笑ってしまいそうな口元を押さえて何とか耐える。

(ユイはあんな風にイジられると面白いんだなぁ)

本人にとってはたまったものじゃないんだろうとは思いつつ、丸まっているユイを微笑《ほほえ》ましく思いながら仕込んであった親子丼を仕上げてごはんの上に盛り付ける。

「ほら、もう切り替えて晩メシにするぞ。持ってってくれるか」

「うん、わかった……切り替える……」

丸まっていたユイがのそのそと起き上がって素直に親子丼を運んで行ってくれる。

ひとしきり呻いて多少は気持ちも落ち着いたのか、今は少しバツが悪そうなくらいで俺も一安心だった。

俺も味噌汁《みそしる》を二人分運ぶと、いつものように我が家のローテーブルを挟んで向かい合わせに座る。

「「いただきます」」

夏臣とユイの声が重なって、ユイが出汁《だし》と半熟卵黄が絡《から》んだ鶏肉《とりにく》を口に運ぶ。

「ん、美味《おい》し……！」

はふはふと鶏の熱さを味わいながら、ユイが沈んでいた表情を明るく微笑《ほほえ》ませる。

さっきみたいなユイも可愛いとは思うけど、やっぱりこんな風に笑ってる方が可愛い。

ようやくユイらしい笑顔が見れて、俺の顔にもつられて笑みが浮かぶ。

「大勢で作ったり食べたりするメシもいいとは思うけど、やっぱりユイと二人で食べるのがいいな」

二人きりの部屋の中で俺がしみじみとそう呟《つぶや》くと、親子丼を頬張っていたユイも顔を上げて少し気恥ずかしそうに頷《うなず》いて応える。

「そうだね。ちょうど私も夏臣と二人のごはんがいいなって思ってたとこ」

ユイも青い瞳を優しく細めて同意してくれる。

もちろん昼間みたいな賑《にぎ》やかな食卓も悪くはない。

でもこんな穏やかに過ごすユイとの時間は特別に心地好いなと思いながら、俺もユイに笑顔で頷《うなず》いて応えた。

5章 半袖とペアブレスレット

I sp
"quderella" next
and I'm going to giv
a key to my h

「明日から衣替えなわけだけども」

夕食を食べ終えた後、神妙な面持ちでユイに切り出した。

いつものように俺のノートパソコンで猫動画を堪能《たんのう》していたユイが、その様子に首を傾《かし》げながらも動画の停止ボタンを押すと、俺に姿勢を正して背筋を伸ばした。

暦は六月に入って十日が経《た》ち、俺たちの通う東聖学院では衣替えのタイミング。

ある程度は寒すぎたり暑すぎたりの気温によって自己判断が許されるが、一応はこの日が夏服に切り替わる目安となっていて、男女ともにスラックスとスカートの生地が夏用に薄くなり、シャツは半袖になる。

男子はそこにネクタイが付き、女子はリボンタイとベストになるのが東聖学院の夏服。

女子はそこにカーディガンを着たり、ベストを脱いでシャツだけだったりという着方をしていても目こぼしをしてもらえるが、進学校&伝統のあるミッションスクールということもあり割と堅めの校風ではあるので、基本的にシャツのみという着こなしの女子は少ない。

「私は昨日の内にちゃんと準備してあるから大丈夫だよ」

「ああいや、ユイが準備してないことが心配だったわけじゃなくて」

そんなことか、とユイがまた動画の再生ボタンに指を伸ばそうとするが、俺に呼び止められてもう一度身体《からだ》を向け直して首を傾《かし》げる。

ユイは料理のスキルや経験だけがすっぽりと抜けているだけであって、それ以外の部分は俺が面倒を見るまでもなくしっかりしている。

なので、衣替えの準備などの心配はするまでもない。

だからこれは心配や忠言ではなく、俺がやや困っていることの相談だった。

「こいつをどうするかなと思って」

そう言って左手をユイに持ち上げて見せる。

最初は首を傾《かし》げて大きな瞳を不思議そうにぱちくりとさせていたユイが、少し考えてから「あ」と気付いて手を叩《たた》いた。

「ブレスレットのこと?」

「そう、それ」

俺も大きく頷《うなず》いて答えると、腕を組んで眉間にしわを寄せた。

今更言うまでもなく、これはユイとお揃《そろ》いで贈り合ったプレゼント。

特に何か約束をしたわけでもないが、お互いに大概の時は肌身離さずに左手首に付けているものなわけだけれども。

「衣替えで半袖になったら丸見えになるんだよな」

左腕を持ち上げると、手首に巻かれているチェーンブレスレットが音もなく形を変えた。

ユイがイギリスにいた時の嫌な経験を思い出さないように、変に目立って噂《うわさ》や陰口が立つようなことを避けるため、俺とユイの関係は周りに伏せている。

従姉でありバイト先の責任者でもある香澄《かすみ》や、一番仲の良い慶《けい》にすら言っていないわけで。

それにもかかわらず堂々とお揃《そろ》いのブレスレットをしていたら、むしろ自分たちから何か特別な関係をアピールしているようなもので、俺はともかくクラス内はもちろん学校内でも目立ってるお姫様のユイにとっては格好のゴシップネタになりかねない。

と、いうことに前日の今になって気付いてやや困っていた。

「だから、夏服の間は外しとくとか……」

「それは絶対に嫌だよ」

ユイがはっきりとそう拒否した。

あまりにも予想してないほど強い返答に驚いてユイを見ると、微《かす》かに眉を吊《つ》り上《あ》げて明らかな不満の色をその表情に浮かべている。

「これは私にとって、すごく大事なものだから」

柔らかく穏やかな、でもはっきりとした強い声で、細い左手首に巻かれたブレスレットを、右手でそっと包み込みながらそう呟《つぶや》いた。

ユイの心に大きな影を落とすことになったイースター礼拝。

その過去を乗り越えた証《あかし》として、ユイ自身が強くなった証《あかし》としてお互いにプレゼントし合ったお揃《そろ》いのブレスレット。

これを見る度に、ユイがもう一度歌えるようになったことを、もう冷たい笑顔を浮かべるユイはいないということを思い出せる大事なもので、俺にとってもユイを特別に想《おも》っている大事な証《あかし》だ。

「夏臣が私のことを考えてそう言ってくれてるのは分かってるし、すごく嬉《うれ》しい。でもだからこそ……だよ」

ユイが青い瞳を優しく細めながら、指先で愛おしそうにブレスレットの先端にあるスワロフスキーの石を撫《な》でる。

「私はもう誰に何を言われても大丈夫。だから今は、夏臣がくれた約束を外す方が嫌なの」

少しの陰もない、幸せそうな微笑《ほほえ》みを俺に向けてそう答えた。

「もし誰かに聞かれた時は、お互いに贈り合ったものだって説明する必要はないし、たまたま同じデザインのものを持ってた……じゃだめかな？　約束は私たちだけが知ってればいいことだから」

穏やかな声と表情のまま、俺から目を逸《そ》らすことなくそう言い切った。

俺たちの約束を守れるなら何を噂《うわさ》されても、周りの視線を集めることになっても大丈夫だと強い意志を以《も》ってはっきりと口に出してくれる。

少し前、ユイと晩御飯を一緒にする約束をした時は、ユイを傷つけたくないという俺のために我慢をしてもらって俺たちの関係を秘密にしてもらった。

それから一ヵ月程度でユイは自然に笑ってくれるようになったし、こんなことを言えるくらいに強くなっていた。

「だから、今度は私のわがままを聞いて欲しい。夏臣を大事に想《おも》ってる私のために」

優しく細めた青い瞳にしっかりとした意志を宿して、俺から目を逸《そ》らさずにそう微笑《ほほえ》んだ。

（……これは、俺の負けだな）

ユイの成長と覚悟を見せつけられて素直に白旗を上げる。

まさにこの前とは逆で、完全にぐうの音も出ないほど言い負かされてしまったにもかかわらず頬が緩んでしまって、後ろ頭を掻《か》きながらユイから顔を逸《そ》らす。

「……まぁ俺も外したいわけじゃなかったしな」

視線を部屋の隅に向けたままそう呟《つぶや》く。

すると一瞬、目をぱちくりとさせたユイがにへらっと表情を綻ばせた。

「夏臣もそうだったんだ？」

「そりゃあな」

短い返事を聞いたユイが、頬を赤く染めながら嬉《うれ》しそうに俺を覗《のぞ》き込《こ》む。

すぐ隣にあったクッションを胸に抱きかかえて、嬉《うれ》しそうな顔をぼふっと埋めて隠した。

（こういう素直なとこ、ほんと可愛《かわい》いよな……）

外すという提案はしたものの、もちろん俺にとっても大事なもの。

今までだったら、『大事だからこそ外そう』と口にしていたはずなのに、今は『大事だからこそ外さない』というユイの答えに自然に同意できた。

（……ユイだけじゃなくて、俺も変わってるんだな）

それを成長と呼べるかどうかは分からないけど、それでもユイといることで俺自身も変わってるということを今更ながらに実感する。

「じゃあ明日からは、気にしないっていうことで」

「うん。気にしないってことでよろしく」

お互いに少しだけ照れたように笑い合いながら、お互いの左手にあるシルバーのチェーンブレスレットを煌《きら》めかせて頷《うなず》き合った。

◇　◇　◇

そして次の日、始業前の教室。

「夏服になっても暑いことに変わりはねーなぁ」

教室に入って来た慶が汗ばんだ顔をだらっと緩ませながら、半袖シャツの胸元をぱたぱたとばたつかせて俺の前の席に座った。

登校してくるクラスメイトの面々は全員ちゃんと衣替えを済ませていて、教室内が急に夏らしい雰囲気になっている。

「片桐《かたぎり》さん、おはようございます」

「おう、おはよ」

聞き慣れたその声に返事をして顔を向ける。

袖なしのベストに半袖の白シャツ、それにチェックのリボンタイ。

半袖からすらっと伸びた腕は白く綺麗《きれい》で、やっぱりユイにはミッションスクールらしい上品な制服がよく似合っている。

その左腕にはもちろんさり気ないシルバーのチェーンブレスレットが巻かれていて、俺も無意識に自分の左手首を右手でそっと握り込む。

昨日に二人で話し合って決めたこととは言え、こうしてあからさまにペアブレスレットをしているのは少し緊張感があった。

「夏臣、どうかしたのか？」

「いいや、何も」

不思議そうに首を傾《かし》げる慶に、なるべくいつも通りの返事をする。

そうだ、もう決めた以上は迷ってる場合じゃない。

何がどうなったとしてもこれはユイと二人で選んだことだし、それならば堂々としてない方がおかしい。

たまたま同じものを付けてることだって本当に有り得るし、誰に何を聞かれたとしても俺とユイがそう答えれば、それ以上の答えはない。

自分自身にそう言い聞かせると、開き直って左手首を握っていた右手を放す。

「あ、ユイちん。もしかしてそのブレスレット、おそろじゃね？」

まるでその瞬間を待っていたかの様に、ユイのところにやって来た陽菜《ひな》が目ざとく声をかけた。

覚悟を改めて固めたばかりとは言え、まさかのピンポイント過ぎる狙撃に心音と体温が上がって汗が滲《にじ》み出《で》る。

『あれ、偶然だな』

『このデザイン良《い》いよな』

『こんな近くで被《かぶ》るとは思わなかった』

頭をフル回転させて努めて冷静に言葉を探す。

大丈夫、普通にしてれば何も怪しまれることもない。

だから落ち着いて対処すればいいだけ。落ち着け俺。

一瞬でそうシミュレートすると、頑張って口角を上げた顔を隣に向ける。

「やっぱそーだ。細かいとこはちょっと違うけどおそろじゃんね～」

「本当ですね。よく似てます」

そこには自分のブレスレットとユイのブレスレットを並べてはしゃいでいる陽菜がいた。

確かに陽菜の手首にも遠目には俺たちとほぼ同じようなチェーンブレスレット。

その二人を見て、どっと力が抜けて思わず机に倒れ込みそうになるのを何とか堪える。

確かに俺とユイのブレスレットは特筆して変わったデザインなわけでもないし、むしろどちらかというとシンプルに近いデザイン。

なので、クラスメイトが似たようなブレスレットを身に着けていても不自然ではなく、ただの考え過ぎだったと思うと不意に笑いが込み上げてきてしまう。

「あれ、片桐せんせーのブレスレットもウチとおそろじゃね？」

「そうだな、微妙に違うけど」

「いいんよ細かいことはさ。てかそれ似合ってんね。イイ感じ」

俺の左手首に巻いてあるブレスレットを見て、陽菜が「にひひ」と懐《なつ》っこい笑顔で親指を立てる。

「何だよ、何だよ。そういうことならオレも仲間に交ぜてくれよ」

「んじゃ鈴森もイイ感じの買って来なよ。そしたら仲間に入れてあげっから」

陽菜が慶にお勧めのアクセサリーショップを教えてる横で、隣の席のユイと目が合う。

肩を竦《すく》めながら笑って見せると、ユイも口元に握った手を当ててくすくすと微笑《ほほえ》み返してくれる。

勢いでうやむやにしてくれた陽菜に内心で感謝を告げながら、ユイがとても大事に想《おも》ってくれている約束のブレスレットにそっと右手を添えて、優しく撫《な》でた。

6章　青い海で歌とピアノとサックスと

I spoile
"quderella" next doo
and I'm going to give h
a key to my hous

「あのさ。ちょっといい？」

四時限目が終わって昼休み。

購買にパンを買いに行こうと教室を出たところで、見慣れない女子に呼び止められているユイを見かける。

「えっと、なんでしょうか？」

「悪いんだけど、鈴森《すずもり》呼んでくんないかな」

「鈴森さん……ですか」

そのキツめの語調に少し気圧されるようにユイが教室の中を振り返る。

ユイの前に立つ女子は平均よりも低めの身長に吊り目がちな勝気な瞳で、少しあどけなさが残りつつもキツめに整った顔立ち。

不揃いの短い髪をいくつものヘアピンで乱雑に留めていて、気崩したシャツの胸元は第二ボタンまで開けており、伝統あるミッションスクールの東聖学院には珍しく柄の良くない雰囲気の女子だった。

「いえ、ついさっきまではいらっしゃったのですが……」

教室の中を見回したユイが、強めの語調でそう聞かれて怯んだように言葉尻を濁す。

ユイの隣に肩を並べて、俺が代わりにその女子に答えた。

「鈴森って、慶《けい》のことだろ。トイレに行ったからすぐ戻って来ると思うぞ」

「そ、ありがと」

俺の返答に愛想なくそう答えると、俺に目も合わせないまま面倒臭そうに廊下に背中を預けて慶を待つ女子生徒。

これだけ印象の強い生徒なら記憶にありそうなものの、少なくとも俺には見覚えすらもない。

慶と仲の良い女子の話も聞いたことないし、一体誰なんだろうと思っているところへ慶が戻って来て少し目を丸くした。

「悪い、夏臣。オレちょっと野暮用が出来ちまった。先に購買行っててくれるか。すぐに追いかけるから」

それからいつもの軽い調子で俺の肩を叩くと、「場所変えようぜ」と慶がその女子と連れ立って歩き去っていく。

慶が普段の感じでへらへらと話しかけるが、女子の方はつまらなそうにその隣を歩いて行き、二人の姿が廊下の角を曲がって見えなくなる。

「すみません、片桐さん。助けていただいて……」

「いや、あのくらい全然」

申し訳なさそうに頭を下げるユイに軽く肩を竦めて応える。

（見たことない女子だったけど……誰だったんだろうな）

慶とはそれなりに親しそうな感じだったけども、仲の良い女子がいるという話は聞いたこともなかったし、慶が親しげに話しかけていた割には相手の反応は微妙な距離感に見えたけども。

（ま、わざわざ詮索することもないか）

慶に言われた通り、そう思って先に購買へと向かうことにした。

◇　◇　◇

そしてその日の放課後。

「夏臣。割の良《い》いバイトがあるんだけど、興味ないか？」

放課後。部活や帰宅でばらばらと席を立って行くクラスメイトたちの目をはばかるようにして、慶が俺の耳元で怪しげな台詞《せりふ》をささやいた。

「別に興味ないな」

「そう言わずに聞いてくれよ、夏臣以外に頼れる相手がいなくてさぁ」

「それなら最初から素直にそう言えばいいだろ」

「いや悪い悪い。ついノリで」

慶が苦笑いを浮かべながら俺に両手を合わせると、帰ろうと立ち上がっていた腰を下ろして慶の話を聞く態勢を作る。

「ウチの家業が夜の店なのは軽く話したよな？」

「ああ。ラウンジっていうんだっけ」

慶の家はいわゆる女の人がいる夜の接待飲食店を経営しているとは聞いていた。

夜の店とは言っても女性との交流や接待を楽しむ店ではなく、落ち着いた客層がゆっくりとお酒を楽しむ『ラウンジ』と説明されたが、当然俺には明確に違いが分かるはずもないので「何となく分かってる」程度の理解で頷《うなず》く。

「で、飲食の提供とは別に、小さいイベントならホールの貸し切りとかもやっててさ。今週末の土曜にウチの店でピアノとサックスのライブイベントがあるんだけど、ピアノの演奏者がドタキャンになったらしくてなぁ」

参った様子で眉間にしわを寄せながら慶が長い溜息《ためいき》を吐き出す。

「なるほど、それで俺に相談ってことか」

「そういうことだ」

慶が申し訳なさそうな苦笑いを浮かべて、もう一度長い溜息を吐き出した。

その相談内容を察して、あごに手を当てて考えてみる。

俺は今までに幾度となく人前でピアノを弾いてはきたものの、教会での演奏がメインで大体が独奏。

誰かと合奏をした経験と言えば、せいぜい聖歌隊の歌としか合わせたことがない。

それにあくまで俺が練習して来たのは讃美歌《さんびか》を弾くためのピアノであって、ショーライブとしての演奏ではない。

しかも演奏の相手がサックスとなるとブルースかジャズか、何にしても俺が今まで弾いてきたジャンルとはかけ離れているのは確かだった。

せめて練習する期間があればとは思うが、今日が木曜日なので土曜が本番当日となると今日と明日くらいしか時間がない。

だから俺にはあくまで『ある程度ピアノが弾《ひ》ける』程度のアドバンテージしかなく、慶の期待に添えるような演奏は出来そうもないな、と思いながら慶に顔を向ける。

「分かった。もうちょっと詳しく聞かせてくれ」

その返事を聞いて、慶が「えっ」と戸惑いの色を顔に浮かべた。

「良《い》いのか？　そんな簡単に決めちまって」

「俺が役に立てるかどうかは分からないけど、慶が困った末に俺に相談してくれたんだろ。だったら最初から俺の返事は決まってる」

「夏臣……」

目を丸くしていた慶が唇を噛《か》んで困ったような微笑《ほほえ》みを浮かべた。

慶だって俺にライブ経験などないことは分かってるし、無理な相談だなんてきっと分かってる上でのことだったはず。

慶が適当で無責任な理由で友人に迷惑をかけるような奴《やつ》じゃないことは、俺だってよく知ってるくらいの自負はある。

それに去年、上京して来たばかりで右も左も分からない俺に良くしてくれた恩だって忘れたことはない。

だから俺の返事はひとつしかない。

「でもあんまり期待はしないでくれよ。あくまで間に合わせの素人《しろうと》のピアノだからな」

「いいや十分過ぎるよ。ありがとな、夏臣」

慶がらしくない照れた微笑《ほほえ》みを浮かべて握ったこぶしを持ち上げる。

その意図を察して俺も手を握ってコツンと軽くこぶしを合わせた。

「そしたら明日の放課後にリハーサルがあるから、開店前にうちの店まで来てもらって良いか？　詳しくはサックスの相方も含めてそこで話すから」

「分かった。じゃあ後で携帯に店の場所送っといてくれ」

短くそうやり取りをすると、慶と二人で小さな笑い声をこぼして笑い合った。

◇　◇　◇

「悪い。そういう訳だから明日と明後日《あさって》は晩飯作れなさそうだ」

隣で今日の晩御飯であるロールキャベツの仕込みを手伝ってくれてるユイに、週末の事情を説明して頭を下げた。

キャベツで挽肉《ひきにく》を巻いている手を止めてユイが首を傾《かし》げる。

「鈴森さんの家のらうんじ？　のお手伝いって……」

ユイがスマホを取り出して『ラウンジ』と打ち込むと、何とも言えない訝《いぶか》しげな半目を俺に向けてくる。

「言いたいことは分かる。分かるからちょっと話を聞いてくれ」

「大丈夫。夏臣が困ってる友達を見過ごすわけないって分かってるから。例えいやらしいお店のお手伝いだとしても、私は信じてるから」

ユイがそっと目を細めながら、両手を胸の前で握って暖かい視線で頷《うなず》く。

「いやちゃんと説明するから話聞いてくれ、頼む」

何を信じてるのかはよく分からないが、何かあらぬ誤解をしていることだけはひしひしと伝わって来る。

慶から聞いたままの健全さを説明して、決していかがわしい仕事ではないことを必死に説明すると、まだ完全には腑《ふ》に落ちてなさそうではありつつもユイが納得したように頷いてくれる。

そしてキャベツを巻き終わった豚挽肉に爪楊枝《つまようじ》を刺して形を整えていると、何やら考え込んでいたユイが顔を上げて隣の俺を覗き込んで来た。

「そのライブって、私も見に行っても大丈夫なのかな?」

青い瞳を期待で仄《ほの》かに輝かせながら、ユイが俺にそう尋ねた。

◇　◇　◇

そして翌日、金曜日の放課後。

学校帰りに人目を避けて待ち合わせる時に使う駅裏でユイと合流して、慶から送られて来た店の場所に向かって高架下に続く川沿いの道を歩いていく。

俺の手の中にあるスマホのナビは『目的地まで十五分』と表示していて、慶からの連絡によると開店は十八時からということなので、十六時前には店に到着出来そうだった。

ちなみに慶は開店前の買い出しがあるらしく別行動で、ユイがライブを見たがってる旨《むね》を話したら二つ返事でオッケーをくれたので、今日のリハーサルから見学ということでユイも付いて来ている。

「この川沿いを一緒に歩くのも久しぶりだな」

「ねこじゃらしに連れて行ってくれた時以来だね」

もう暑いくらいになった川沿いを歩きながらお互いに顔を見合わせる。

この道を二人で通るのはユイと以前に猫カフェ《カフェ》に行った時以来。

あの時は見渡す限りの桜並木で一杯だったが、今は鮮やかな緑の葉桜が川沿いを彩《いろど》っている。

「まだ一ヵ月前のことなのに随分前のことみたいだね」

「あの頃はユイもまだ敬語だったしな」

「そうだね、そんな頃だったかも」

少し可笑《おか》しそうに微笑《ほほえ》みながら、ユイも葉桜の並木を見上げて感慨深そうに呟《つぶや》く。

二人でもう大分前のように感じる話をしながら川沿いを歩いて行くと、店が近くなるに連れてだんだんと国籍の雑多な飲み屋街に景色が変わって、ナビに表示されている目的地が近くなってくる。

スマホが「目的地に到着しました」と案内を終了すると、『Blue Ocean』という看板を掲げた店のドアが開いて、中から出て来た上品な着物姿の女の人が俺とユイに目を留《と》めて微笑《ほほえ》んだ。

「もしかして、夏臣くんとユイちゃんかしら?」

その着物姿の女の人が柔らかい声で俺たちの名前を呼ぶと、にっこりと微笑《ほほえ》んで丁寧なお辞儀をした。

「慶から夏臣くんの話はよく聞いてるわ。ユイちゃんもいらっしゃい」

柔らかな言葉遣いと物腰で、この店のオーナーで慶の母親でもある鈴森遥《すずもりはるか》がもう一度丁寧にお辞儀をして俺とユイを店の中へと迎え入れてくれる。

「あの、慶のお母さん……ですよね？　お姉さんではなく……」

上品な薄桃色の着物に合わせてアップにした黒髪に、切れ長で大人の色気を帯びた瞳と、しわひとつなく整った顔立ち。

手入れの行き届いている白い手先は年齢を感じさせず、どこからどう見ても二十代にしか見えない容姿に思わずそう確認をしてしまう。

「まあ、夏臣くんは若いのにお上手ね」

遥が頬に手を当てながらくすくすと上品な笑い声で応える。

思わず隣のユイと顔を見合わせてしまうが、どうも間違いないようだった。

それから遥が店内の照明を点《つ》けると、さっきまでは暗くてはっきりしなかった店内が明るく照らし出される。

「すごい、綺麗《きれい》なお店……」

穏やかな橙色の照明に照らされた店内を見渡したユイが思わず声を漏らす。

店内は俺たちの教室ほどの広さがあり、壁や床などはモノトーンで小綺麗《こぎれい》に統一されていて、ガラステーブルとソファが余裕のある間隔で四席ほど配置されている。

入り口付近のバーテーブルにはカウンター席が並んでいて、高めの天井が部屋を広々と活《い》かしており、夜の店らしい華美な装飾物などは一切なく、むしろすっきりとした清潔感のあるレストランのような雰囲気だった。

そしてその奥には少しだけ高くなっている小さなステージがあり、その上に見事に磨き上げられたピアノが俺の目に飛び込んで来る。

「グランドピアノ……⁉」

まさかこんな所に置いてあるとは思わなかった高級ピアノに思わず目を見張る。

「やっぱり分かる人には分かるのね。私は楽器に詳しくないから、価値が分からないのがもったいないのだけれど」

俺の呟《つぶや》きに遥が苦笑を浮かべながら答える。

価値が分からないとは言いつつもピアノには微かな埃すらもなく磨き上げられていて、十二分に大事にされているのが見て取れた。

予想外のグランドピアノに見惚れていると、店の奥から女の子が歩み出て来て俺の前で足を止める。

「へえ、ほんとに来たんだ」

第二ボタンまで胸元を開けたシャツにヘアピンで雑に止めた不揃《ふぞろ》いの髪、それに印象的な釣り目がちの勝気な瞳。

そこに立っていたのは間違いなく、昨日俺たちの教室まで慶を探しに来たあの女の子だった。

「夏臣くん、紹介するわね。藍沢湊《あいざわみなと》ちゃん。明日のサックスを担当してくれる演奏者よ。夏臣くんたちと同じ東聖学院の生徒だけど、一年生だから面識はないかしら」

遥がそう紹介すると、湊が肩に掛けていた大きなサックスケースをソファの上に下ろした。

東聖学院内で珍しいタイプの目立つ風貌なのに見覚えがなかったのは、学年が一個下で入学して来たばかりだったからかと納得して湊に挨拶をする。

「片桐《かたぎり》夏臣だ。力不足の代役で申し訳ないけど、よろしく頼む」

「慶から聞いてるよ。急な依頼で悪いけど、こっちこそよろしく」

俺に少し視線を向けただけで、相変わらず愛想《あいそ》のない短い返事が返って来る。

それから俺の後ろにいるユイに訝《いぶか》しげな視線を向けると、

「……女連れでリハに来るなんて、余裕だね」

俺にしか聞こえない程度の声で湊が小さく鼻を鳴らした。

「あ、いや悪い、別にそういうわけじゃなくて……」

湊にそう指摘されて自分の現状を改めて察する。

事実は違うし、そもそもユイは彼女ではないけども、湊から見れば確かにそう見られてもおかしくない状況だった。

しかし俺の言い分に興味はないと言わんばかりに、湊が俺の返事を遮って楽器ケースからサックスを取り出す。

「いいよ別に、こっちは助けてもらってるわけだし。早くリハやろうよ。時間ないし」

しっかりと使い込まれたサックスを構えて、動作を確かめるように湊がカチャカチャとキーを押し込む。

相当に使い込まれた重厚感のあるテナーサックス。

でも曇りひとつなく丁寧に磨き込まれていて、それだけで十分に大事にされているのが一目で分かる。

耳を傾けるつもりがない湊にそれ以上の言葉を掛けられず頬を掻いていると、店の入り口が開いて両手いっぱいにビニール袋を提げた慶が入って来た。

「わりーわりー、遅くなっちまった。リハには間に合ったみたいで良かった……って、ん？」

手荷物をカウンターの上に置きながら、慶が俺と湊へ交互に視線を向ける。

それから何となく事情を察したような苦笑いを浮かべると、俺の肩を叩いて小さな溜息を吐き出した。

「せっかく無理言って来てもらったのに悪い。本人に悪気はないんだけどああいうヤツでさ」

ステージの上で準備を進める湊を見ながら、困ったような心配してるような表情で慶が肩を竦めて見せる。

慶はいつも軽い感じの明るいムードメーカーなのにこんな表情をすること自体が珍しくて、少し意外に思いながらその横顔を見る。

「湊は昔から音楽のことになると周りが見えなくなっちまってさ。それで今回もピアノを弾く予定だった人と『真剣にやってない』とかって揉めちまったみたいで」

諌めるような言葉とは裏腹に、慶が優しい口調で困ったような笑みを浮かべる。

それを聞いてさっき湊が眉をひそめていた理由をはっきりと理解した。

「いや、俺の方こそ藍沢の誤解を招くようなことして悪いことしたから」

事情を知らなかったとは言え、自分の行動がやや軽率だったなと反省しながら慶に向かって苦笑いを返す。

「でもひとつだけ言わせてもらえるなら……」

ブレザーを脱いでシャツの袖を捲り上げると、店内の照明を弾いた左腕のブレスレットが一瞬だけ煌めく。

「俺はふざけてなんかないし、俺に出来る全力を尽くしに来たからな」

「夏臣……」

一瞬、呆気《あっけ》に取《と》られた慶がすぐにいつもの懐《なつ》っこい笑顔でけらけらと笑う。

それから照れ臭そうに頬を掻《か》きながら俺の肩をぽんと叩《たた》いた。

「ああ。頼むよ、親友」

慶が差し出したこぶしに、俺も握ったこぶしをこつんとぶつける。

それから店の奥にある小さなステージに向かって足を踏み出した。

すると遥がにっこりと微笑《ほほえ》みながら俺をちょいちょいと手招きしているのに気付く。

「夏臣くん。せっかくだしちょっとこっちに来てもらっていいかしら」

「せっかく？」

言われてる意味が分からないまま、少し茶目っ気のある笑顔の遥にバックヤードの方へと連れていかれる。


「やっぱりサイズもぴったり。すごく素敵よ」

遥が両手を合わせて満足そうに頷きながら嬉しそうな声を上げた。

そこには縦襟のシャツに小さめのクロスタイ、それにカマーベストの一式を着た俺。

明らかに仕立ての良さそうな給仕《きゅうじ》服で、髪型もワックスで前髪を上げて額を出す形に整えられおり、俺の隣ではユイが興奮気味にこくこくと頷《うなず》きながら、携帯カメラで好き放題にカシャカシャと撮影をしている。

「あの、これって……」

「とても良く似合ってるわよ。ステージの上では格好付けなくちゃ」

「はぁ、そういうものですか……」

「ええ、知り合いのミュージシャンがそういうものだって言ってたわ」

俺の気の抜けた返事に対して、遥が懐かしむような優しい瞳でしっかりと頷く。

俺はミュージシャンではないけど……とは思いつつも、水を差すのも違う気がして改めてステージに向かう。

ステージの上では、準備万端の湊が首から提げたサックスのキーをカチャカチャと鳴らしながら、俺の姿を見て冷ややかな視線を向けている……気がした。

着慣れない礼装と大げさにセットされた髪型で自分では恥ずかしい以外何もないが、これも慶のためだと自分に言い聞かせてステージに上がる。

グランドピアノの椅子に腰掛けて深呼吸をすると、静かに鍵盤のカバーを開く。

かなり弾き込まれていながらも、でも綺麗に手入れの行き届いた鍵盤に両手を置いて、タッチを確かめるように白鍵と黒鍵をそっと押し込む。

ダンパーが俺の指に従ってピアノ線を叩くと、店内に穏やかで優しいグランドピアノの音色が響き渡った。

調律もタッチの感じもすごく良い。これなら大丈夫そうだ。

そう確信すると、指の準備運動も兼ねて鍵盤の上でゆっくりと指を躍らせていく。

「おぉ……すげぇ……」

バーカウンターの中で仕込みをしていた慶が手を止めて俺の演奏に口元を緩める。

遥もソファに腰掛けたまま、ピアノの音色に身を委ねるように満足気に両目を細めた。

(調律も完璧だし、動作も軽くて弾きやすい……)

何よりグランドピアノらしい重厚な音色が耳にも指にも心地好い。

改めてこのピアノが大事にメンテナンスされているのが伝わって来て、口元から笑いが滲み出てしまう。

そして俺が指慣らしを終えて鍵盤から手を離すと、湊が首から提げたサックスを構えて俺の隣に歩み寄った。

「店ではジャズを演《や》ることが多いけど、今のピアノ聞いた感じジャズはあんまり得意そうじゃないね。弾き慣れてるのは?」

「慣れてるって聞かれたら、讃美歌《さんびか》くらいだな」

「それが慣れてるなら讃美歌《さんびか》のバラードアレンジにしよっか。うちが合わせるからそっちは好きに弾いてよ」

俺が冗談半分本気半分で言ったことを何事もないかのように返される。

ジャズの真骨頂は即興演奏。

その場で演奏を合わせるということに関してはスペシャリストではあるとは聞くが、この様子を見ると湊も例に漏れないジャズプレイヤーらしい。

それ以上何も言うことなく、湊がサックスのリードを小さな唇で包み込む。

まとっている空気感が変わるのを見て、俺も少し考え込んでから鍵盤に指を添えて曲名を呟いた。

「三百十二番」

俺のタイトルコールに湊が微《かす》かに頷《うなず》くのを確認して、添えていた指を鍵盤にそっと沈める。

讃美歌《さんびか》三百十二番『慈《いつく》しみ深き』。

現代の結婚式で良く演奏される定番の曲で、苦難の先にある祈りの大切さを謳《うた》った曲。

緩やかで華やかなグランドピアノの音色がステージの上から店内を静かに彩《いろど》っていく。

俺の方も普段通りの讃美歌《さんびか》の演奏ではなく、少しだけ軽やかなアレンジを加えながら湊の主旋律部分を空けてサックスが入って来るのを待つ。

すぅ、と湊が大きく息を吸い込むと、聞こえるか聞こえないかくらいの繊細なアルトサックスの音色が少しずつ溶け込んで、俺のピアノの音色に完璧に重なる。

「すごい……」

ステージを見上げるユイの唇から思わず小さな声がこぼれた。

静かに、けれども力強い情感たっぷりのアルトサックスの音色が、『慈しみ深き』の主旋律を即興のアレンジにして優しく紡ぎ出していく。

繊細な息遣いでリードを震わせながら、まるで人の歌声のように感情を宿らせて、金管楽器らしい甲高い音色がグランドピアノの音色と溶け合って響き合う。

俺はサックスに関しての知識もないし、湊の実力を判断出来るほどの経験もない。

それでも聴いてる人を強烈に惹《ひ》き付《つ》けるだけのものがその音に詰まっているのを感じながら、湊の背中を支えるようにピアノを奏《かな》でていく。

そして湊がひときわ繊細なロングトーンをたっぷりと響かせると、湊がゆっくりとサックスから口から離した。

ぷはぁっと湊の大きな呼吸が響いて、その頬をいくつもの汗が伝って落ちる。

そして店内を一瞬の静寂が包み込むと、それから遅れて三人分の拍手が咲いた。

「すごいな夏臣、めちゃくちゃカッコ良過ぎだろ！」

「讃美歌がこんなアレンジになるなんて、すごい素敵でした……！」

慶とユイが甘い余韻に浸りながらステージに向かってぱちぱちと手を叩いてくれる。

そして遥がステージに歩み寄ると、俺の手を取って真っ直ぐに見つめながら口を開いた。

「本当に良かったわ。ありがとう、夏臣くん。本当にありがとう」

少し瞳を潤ませながら、心の底からの感謝の言葉を何度も繰り返し口に出す。

「いや、俺は大したことないです。すごいのは藍沢の方ですよ」

一切の謙遜なく素直な感想でそう答える。

湊がステージから降りると、首から提げていたサックスを置いてタオルで顔中の汗を拭った。

一曲でここまで消耗するくらいにエネルギーを込められるプレイヤーなんかそうはいないし、この小さな身体でどれだけの力を込めて演奏していたのかがよく分かる。

俺の方はこの店の雰囲気に合うように多少のアレンジをしたとは言っても、あくまで弾き慣れた曲目を自由に弾かせてもらっただけであって、今の演奏を成立させていたのは即興で俺に合わせた湊の力があってのものだった。

しかもぶっつけの本番で、これだけ人の心を動かすようなレベルの演奏で。

湊の横柄な態度を見て心のどこかで侮っていたが、今はそんな気持ちはどこかへ霧散してただただ驚嘆しながらその横顔を見ていた。

ユイがソファで一息ついている湊の隣に座って軽く会釈《えしゃく》をする。

「こんなに感動するサックスは初めてでした。本当に良かったです」

「そりゃどーも」

ユイの素直な賞賛に、湊が面倒臭そうにぞんざいな返事をした。

その返事を聞いて青い瞳をきょとんとさせたユイが、何か失礼なことを言ってしまったのかと俺に心配そうな視線を送って来るが、俺も湊の返答の意図が分からずに首を傾《かし》げる。

そこへギャルソンエプロンを巻いた慶がバーカウンターから出て来て、人数分のよく冷えた烏龍茶《ウーロンちゃ》をテーブルに並べてから肩を竦《すく》めて見せた。

「せっかく褒めてもらってんだから、もう少し素直に喜べばいいだろうに」

慶が溜息《ためいき》交じりに湊を覗《のぞ》き込《こ》むと、湊が不愉快そうに視線を鋭くしながら慶を見上げる。

「何もわかんない素人《しろうと》に褒められたって意味ないって、いつも言ってることじゃん」

苛立ったような語調でそう答えると、湊がお茶の入ったグラスを傾けて鼻を鳴らす。

相変わらずのその様子を見て、溜息《ためいき》を吐いた慶が苦笑いをユイに向けた。

「悪いなヴィリアーズ嬢。湊に悪気はないんだけどさ」

「あ、いえ、私は全然大丈夫ですから」

ユイにフォローをする慶を見て、湊がつまらなそうに顔を逸《そ》らす。

俺も不機嫌そうな湊の隣に腰を下ろすと、慶が淹《い》れてくれた烏龍茶に口を付ける。

「即興であんな風に吹けるもんなんだな。本当にすごいなと思う」

「あんなのジャズプレイヤーなら当たり前。うちなんか全然レベル低い方だし」

小さな両手で持った薄口グラスを覗《のぞ》き込《こ》みながら、湊が溜息《ためいき》交じりにそう答える。

湊が持っているグラスの中で溶けた氷が小さくからんと澄んだ音を鳴らした。

湊の返答は決して攻撃的な言葉でも、まして反抗的な響きもない。

ただただ身の程を弁《わきま》えているだけだという自嘲の意味であって、それ以上でもそれ以下の意味もないと言いたげな様子だった。

「素人に褒められて喜べないっていうのは、藍沢はプロのサックスプレイヤーを目指してるってことか？」

「そうだけど悪い？　説教なら聞き飽きてるんだけど」

俺の質問に肩を竦《すく》めて、眉根を寄せながら溜息《ためいき》を吐いて見せる。

湊のうんざりした様子から、今までその夢に何度も否定的な言葉を投げつけられたことが見て取れて、逆に俺の方がムッとしてしまう。

「何が悪いんだよ。ここまで上手《うま》くなるのに相当練習したんだろ」

俺の言葉を聞いた湊がその勝気な瞳に驚きの色を浮かべて顔を上げた。

小さな右手の親指には不釣り合いなほど大きなサックスだこ。

俺はピアニストだから一体どのくらいサックスを吹き続けたらここまで大きくなるのかは分からない。

それでもこの親指を見ても、しっかりと大事に使い込まれたサックスを見ても、さっきの演奏を聞いただけだとしても、湊が本気でプロになるという夢を叶えようと努力をしていることは疑いようもない事実だと理解が出来る。

「片桐……」

予想に反して真剣に肯定されてしまったことに湊が目を丸くした。

今までは上辺で応援されるか、覚悟を知りもしないくせに否定されるかだったのに、こんなに真剣に肯定されたことは初めての経験で、何と返事をしていいのか分からずに湊が視線を泳がせて俯いた。

初めて見た湊の年相応の表情に微かに口元が緩む。

(……こいつはこいつで、素直なだけなんだな)

きっと『プロのミュージシャンになりたい』という夢が途方もない夢物語だとよく分かってるのは湊自身で、だからこそ自分に真っ直ぐに生きるためにブレない強さを持ってるだけ。

そうだから言動も自然と厳しいものになって他人に誤解されてしまったりしているだけで、中身はきっと素直なだけなんだなと理解出来た。

でもだからこそ、思うことがある。

「ただ、もったいないな」

「は？　もったいない？」

湊が眉をひそめて訝し気な視線を俺に向ける。

俺も隣に顔を向けて、真っ直ぐにその目を見つめ返して続けた。

「藍沢が夢のために意識を高く持つのはいいことだと思う。でもそれで視野を狭めてたらもったいないってことだ」

「……それ、どういうこと？」

視線を鋭くしながら湊が俺を覗き込む。

目を逸らさずに俺の意図を汲み取ろうとする姿勢を見て、湊の逆隣に座っているユイに顔を向ける。

「ユイ。歌えるか？」

俺がそう尋ねると、ユイが青い瞳をぱちくりと瞬かせた。

「歌えるかって……あんた、何を」

「さっき自分で言ったろ。『何も分からない素人に褒められても嬉しくない』って」

俺が言ってる意味が分からず湊がハテナを浮かべて首を傾げる。

もう一度ユイに視線を戻すと、俺の意図を理解してくれたユイが微笑みながら頷いた。

「うん、歌えるよ。大丈夫」

ユイの返事を聞いて立ち上がると、後ろにいた遥に振り返って尋ねる。

「一曲だけ、ステージとピアノを借りてもいいですか？」

「ええ、もちろん構わないわ」

遥が快く頷いて手のひらをステージに向けてくれる。

もう一度ステージに上がってさっきと同じ様にピアノの前に座ると、ユイも俺の後ろに続いてピアノの隣に立った。

ユイが少しだけ緊張気味に胸に手を当てながら、両目を伏せてゆっくりと深呼吸をする。

深く吸い込んだ息を静かに吐き終わると、落ち着いた穏やかな微笑みを俺に向けて小さく頷いて見せた。

店内がさっきと同じように静寂に包まれる。

ユイの合図を見て、俺もグランドピアノの鍵盤に添えた指を静かに沈み込ませた。

さっき湊と合奏した曲と同じ、讃美歌三百十二番『慈しみ深き』の前奏が再び静かに店内に響き渡る。

さっきと同じ様に店内の雰囲気に合わせて崩したアレンジ。

グランドピアノの美しく重厚な和音が響く中で、慶と遥、それに湊の視線がステージの上に立つユイに集まる。

前奏部分が終わりに差し掛かり、ユイが微《かす》かに笑みを湛《たた》えた顔を上げて、遠くを見つめながら大きく息を吸い込む。


「────っ」


その歌声を聞いた湊が、無意識に息を呑《の》んで一瞬で目と耳を奪われた。

小さな両手を左右に大きく広げて、ユイの華奢《きゃしゃ》な身体《からだ》からは想像もすることが出来ない圧倒的な歌声が店内に響き渡っていく。

ユイが歌うのはさっき湊が即興で描いた主旋律のアレンジメロディー。

それを余す所なく完璧になぞるように、感情をたっぷりと込めてユイが歌い上げていく。

慶も遥も目の前に広がる歌声に圧倒されて言葉を失っていた。

俺もユイの歌声を支えるようにさっきよりも力強くピアノを弾き鳴らすと、ユイもまたその伴奏を全てまとうように優しい歌声をさらに伸びやかに広げていく。

そして湊と同じ様に、いやそれ以上に繊細なロングトーンを歌い切ると、さっき以上の静寂が店内を包んだ。

耳が痛いほどの静寂の中で少し照れたようにはにかみながら、ユイがゆっくりとお辞儀をしてそのステージを終えたことを示す。

拍手をすることも忘れて歌の余韻に包まれている湊に、ステージを降りて声を掛ける。

「ユイが藍沢のサックスに感動したって話、これで信用出来たか？」

俺がそう尋ねると、呆気に取られていた湊がくつくつと笑いながら、参りましたとでも言うように両手を上げる。

「そうだね、うちの完敗かな」

湊が素直にユイの実力を認めて笑いながら頷く。

自分の夢の大きさを知っていて意識の高い湊だからこそ、ユイの圧倒的な歌を聞けば納得せざるを得ない。

湊が本気であるからこそ、ユイの歌を聞けばちゃんと向き合えるはずだと思った通りで、俺も湊に表情を緩ませて頷き返した。

「あんたさ、よくお人好《ひとよ》しって言われない？」

「さあな。自分ではそんなことないと思ってるけど」

俺が肩を竦《すく》めてそう答えると、後ろにいたユイがくすくすと小さな笑い声をこぼす。

慶もそれに釣られるようにけらけらと笑い声を上げると、湊も自然に微笑んで力の抜けた笑顔を見せてくれる。

ユイが後ろから俺の隣に肩を並べると、湊に向かって微笑みながらもう一度さっきと同じことを伝えた。

「藍沢さんのサックス、とても素敵でした」

「ありがと。あんたの歌もすごかったよ」

今度は素直にユイの言葉を受け取りながら、湊も頰を搔《か》いてユイの歌を称《たた》え返した。

まだ少しだけばつが悪そうにしながらも、勝気な瞳をユイに細めて小さく微笑みを向ける。

「じゃあもう少し明日に演《や》る曲を決めて合わせよっか」

「ああ、時間もらって悪かった。こっちこそよろしく頼む」

湊と改めて挨拶をすると、もう一度ステージに上がってそれぞれの楽器を構えた。

◇　◇　◇

それから小一時間ほどリハーサルをした後。

「よ、お待たせ」

店の裏手口にあるテラス席で、慶が俺にカクテルグラスを手渡してくれる。

その中にはオレンジとレモンの香りと甘味を辛めの自家製ジンジャーエールに移した、慶オリジナルのノンアルコールカクテル。

同じカクテルが入ったグラスを慶が持ち上げて見せると、俺も同じ様にグラスを持ち上げてコツンと軽く当てる。

爽やかな酸味と果物の甘さが程よく、強めに効いた炭酸がリハーサルで汗をかいた身体《からだ》に染《し》み渡《わた》ってくれる。

「夏臣のピアノ、初めて聞いたけどすごいもんだなあ」

心の底から感心したようにそう口にしながら、慶が俺の向かいの席に座る。

テラス席は夕暮れと夜のちょうど間で薄橙色《だいだいいろ》に染まっていて、陽が沈んだ後は涼しい風がそよいでいて気持ちがいい。

もう開店前の時間なので慶も給仕服《きゅうじ》のカマーベストに着替えていて、流石《さすが》に俺よりも圧倒的に着慣れた感じで馴染《なじ》んでいて恰好良《かっこうい》い。

「さっきも言ったけど、すごいのは藍沢だよ。俺くらいの奏者なんて掃いて捨てるほどいるし」

「でも湊が素直に言うこと聞く相手なんて滅多にいないぞ。それだけでもすげえや」

いつもの調子でけらけらと笑いながら、すっかり暗くなった空に目を細める。

慶がグラスを傾けると、少し溶けた氷がカランと小さく音を鳴らした。

「やっぱさ、湊のサックスはすげえ良《い》いんだよなぁ。いつも聞く度に思うけど、今日は改めてそう思ったよ」

遠くの夕空を見つめながら、慶が噛《か》み締《し》めるようにしみじみと呟《つぶや》く。

らしくない弱々しい声とその言葉を聞いて、慶が何を言いづらそうにしてるか察して先に口に出す。

「藍沢がプロを目指すことに反対してるのは、慶か」

俺の返事を聞いて慶が懐《なつ》っこい苦笑いを浮かべて頷いた。

「俺も小さかったからあんま覚えてない話なんだけどさ、うちの親父《おやじ》がプロのミュージシャンだったんだよな。それでさんざん周りにも迷惑をかけた末に体壊して、結局何も残せずに死んじまったんだ」

初めて聞く話に思わず目を見張る。

慶が懐《なつ》かしそうに目を細めながら、自分の後悔をごまかすような空笑いを漏らした。

その無理してる笑い顔から、それはまだ慶の奥深くに根差してることだと察して黙ったままその続きを待つ。

「もちろん親父と湊は違うし、余計なお節介なのは分かってるんだけどな。でも湊とは何だかんだガキの頃からの付き合いで、手のかかる妹みたいなもんだから。そんなことになって欲しくないって思うとなかなか応援してやれないんだよなぁ」

困った薄笑いを浮かべながら、慶がけらけらといつもの軽い調子で肩を竦《すく》めて見せた。

その笑顔と声がとても苦々しくて、慶自身をごまかしてるとすぐに分かる。

無責任に人の夢を応援することは簡単だ。

失敗したところで自分には何の影響もないし、相手だって例え無責任でも応援された方が気持ちがいいし、変な軋轢《あつれき》だって生まれない。

嫌がられることなんか分かり切っていても、それでも慶は湊の夢を応援しないと決めた。

きっと湊は慶にとってそれくらいに特別な存在で、自分が嫌われたとしても守りたい、そんな相手なんだと理解する。

「……なるほどな」

慶の作ってくれたカクテルを傾けて、一気に喉奥に流し込む。

湊のあれだけの技術は生半可な努力で身に付くものじゃない。

小さな親指に出来た大きなサックスだこだって、あれだけ使い込まれてるサックスだって、どれだけ自分の時間を注《つ》ぎ込《こ》んで、どれだけの努力をしたらあんなになるんだろうと思う。

湊だってそれだけ自分自身を費やして、慶の反対を受けても、それでも慶のすぐそばでプロのサックスプレイヤーになろうと思い続けている。

それはきっと、湊にとっても慶が大事だからなんだと思う。

それなら。

「慶が隣にいるんだろ、ずっと」

「……え?」

慶が微かに目を丸くして俺を見る。

「藍沢には慶がいるならさ。それなら慶が心配してるみたいに、藍沢には何も残らないなんてことはないだろ」

「夏臣……」

俺にはミュージシャンっていう仕事は分からないけれど。

でも慶が本気で心配をしてるからこそ、藍沢がその先で何も残らないなんてことはないと、ハッキリとそう言い切れた。

慶が何かを堪えるように唇を強く噛《か》んで、俺から顔を隠すように夜空を見上げる。

それから手の甲を両目に当てて乱暴に擦ると、深呼吸をして長い息をゆっくりと吐き出した。

そしていつも通りの軽い調子の笑顔を浮かべ直して俺を見る。

「夏臣がそんなに熱いやつになったのはヴィリアーズ嬢の影響か?」

今度は俺の方が驚いて固まった。

が、これまでの色んな状況を考えれば、気遣い屋である慶に隠せてるわけもないかと苦笑して頬を掻く。

「そうかもな。ヴィリアーズのこと、話してなくて悪い」

「いいよ、そんなこと謝んなって。オレだって夏臣に話してないことなんかいくらでもあるしな。それに、オレの前では普段通りに『ユイ』って呼んでいいぞ」

わざとおどけた口調でテーブルに身を乗り出しながら、俺をからかうように人差し指を向ける。

その指先を押しのけながら俺も同じ様に慶を指し返すと、同時にこぼれた二人分の笑い声が重なった。

「サンキュ、夏臣。何か色々と吹っ切れたわ。湊の応援はまだ出来そうにないけど」

「ああ。いいと思うぞ、それで」

また慶と握ったこぶしを軽くぶつけ合う。

お互いに多くを口に出したわけじゃないけれども、それでもお互いの心の内を察して、もう一度声を出して二人で笑い合った。

◇　◇　◇

一方、慶がテラス席にいる夏臣にオリジナルカクテルを持って行った頃の店内では、湊も店の制服であるカマーベストに着替えてバーカウンターの中でシェイカーを振るっていた。

その前のカウンター席では、初めて目の前で見るバーテンダーの技にユイが食い入るように見惚れている。

シャカシャカと小気味よいリズムを立てて湊がシェイカーを振り終えると、流れるような動作で逆三角錐のカクテルグラスに中身を注いでいく。

「お待たせ。これはさっきのお詫び」

まだ少しばつの悪い照れを残しながら、ユイの前に置かれたコースターの上に湊が薄オレンジ色のカクテルをそっと載せる。

生のオレンジとパイナップル、グレープフルーツを搾ったノンアルコールのフルーツカクテル『シンデレラ』をユイがそっと持ち上げて口に含む。

ふわりと爽やかな柑橘の香りが鼻を抜けて、混ざり合った果物たちの甘味と酸味が口の中に一瞬で広がる。

それぞれの味と風味が喧嘩をすることなく引き立て合っていて、フレッシュフルーツを使ったジューシーさと濃厚な味の奥行き感に驚いて顔を上げた。

「これ、すごく美味しいです」

「口に合ったなら良かった」

ユイが青い瞳を微《かす》かに目を丸くしながら、大事に味わうようにちびちびと繰り返しグラスを傾ける。

湊もそれ以上に話しかけないまま、相変わらずの愛想《あいそ》のない顔で淡々と開店準備のグラス拭きを進めていく。

ちなみに遥は「化けて来るわ」と言い残してバックヤードに出勤準備をしに行っており、他のキャストたちはもう少し後の時間からの出勤とのことで、店内にはユイと湊だけが残されていた。

グラスの中のカクテルが半分ほど減った辺りで、ユイが湊に顔を上げて尋ねる。

「藍沢さんはプロのサックスプレイヤーを目指されているのですよね？」

「まぁね。なりたいと思ってなれるもんでもないし、周りからは反対もされてるけど」

湊がつまらなさそうに鼻を鳴らしながら、ワイングラスを照明にかざして拭き取り具合をチェックしてはグラス置き場に並べていく。

ユイが少し考え込むように首を傾《かし》げてから、もう一度湊に顔を向けて小さく頷《うなず》く。

「なれると思います。藍沢さんなら」

淡々とした口調でさも当然のことを言ってるかのようにユイが答えると、軽く断言されてしまったことを驚きながら湊が楽しそうにくつくつと笑った。

「そんな簡単に言い切られたら、何かなれそうな気がして来るよ」

あまりに迷いのないユイの言葉に素直な気持ちでそう返事をする。

さっき夏臣に見せられた通り、あれだけの歌が歌える人にこうもハッキリと言い切られると妙な安心感が込み上げて笑みがこぼれてしまう。

「でも、うちは別にプロのミュージシャンになりたい、ってワケじゃないんだよね」

湊が眉尻を下げながら、少し困ったように勝ち気な瞳を細める。

「プロのサックスプレイヤーを目指されてるのに、プロのミュージシャンになりたいわけではない……のですか？」

湊が言ってる意味がわからず、ユイが青い瞳をぱちぱちと瞬《まばた》かせる。

不思議そうに首を傾げているユイを見て小さく微笑みながら、湊がカウンターの中に立てかけてあるサックスケースに視線を落とす。

「このサックスさ、実はめちゃくちゃ高いやつなんだよね」

湊が愛おしそうにケースをぽんぽんと叩《たた》いて目を細めた。

ざっくりと言えばサックスの平均価格は二十〜三十万円くらいで、もちろんそれ以上もそれ以下のものもあるが、質は良くも悪くも値段なりのものになる。

湊のサックスは楽器に詳しくないユイでも知ってるくらいのフランスの一流老舗メーカーのもので、どのモデルでも値段は平均の倍近いものばかりだ。

「大人なら出せる金額なのかもしれないけど、うちらみたいな子供じゃ手が届くはずもない値段なんだよね」

その何とも言えない穏やかな苦笑いを見て、ユイが姿勢を正して湊の目を見つめる。

真っ直ぐに顔を向けるユイに少しだけためらいながらも、小さく頷《うなず》いて湊が続けた。

「うちの両親は仕事人間ってやつでさ。家にも帰らないし他人に興味のない人達《ひとたち》なんだ。それが実の娘でもね。別に虐待を受けたとかそういうんじゃないんだけど……うん、ずっと独りだった。いつも」

遠い昔を思い出しながら、湊が困ったように微笑みながらそんな話を口にする。

それからユイの空いてるグラスを回収すると、さっきと同じ果物を並べてハンドジューサーでぎゅっぎゅっと搾っていく。

「慶とはさ、そんな時に会って、つるむようになって。それでこの店に来るようになったんだ。それで初めてここで音楽に出会ったわけ」

とん、とサックスケースにもう一度手を置いて目を細める。

たまたま見させてもらったライブイベントで、その時に聞いたサックスの音色に心も身体《からだ》も芯から震えた。

欲しがることなんかとっくに諦めた子供だったはずなのに、心の底から憧れた。

でも当然、憧れだけで手に入るようなものでもないし、両親に相談をしたって話すら聞いてもらえないのは分かり切っていた。だから俯いて小さな手を握った。

それでもずっと忘れられなかった。

湊の背が伸びて、幼心ながらに段々と現実というものを知っても、ずっとずっと憧れ続けていた。

「そしたらさ、いきなり渡されたんだよ。コイツを」

もう一度、さっき以上に愛おしそうに瞳を細めて自分のサックスを撫でる。

湊が中学に上がった頃。手渡されたケースを震える手で開けてみると、ぴっかぴかのサックスがそこで煌《きら》めいていた。

「で、それから言われたんだ。『でもオレはミュージシャンを目指すのは絶対に反対だからな?』ってさ」

まだあどけなさが残る顔付きの少年が照れ臭そうにしながら、いつも通りのへらへらした笑顔で湊にそう言った。

その時は頭の中がぐちゃぐちゃで、喜べばいいのか、怒ればいいのか、笑えばいいのか、泣けばいいのか、何も分からなかったことだけは覚えてる。

毎日毎日ずっと慶が店を手伝ってた理由を初めて知って、とにかく泣き過ぎてろくにお礼も言えない湊を慶がずっと撫《な》でてくれていた。

「だからうちは誰よりもすごいプレーヤーになって、慶が大事にしてるこの店に入りきらないくらいの客を連日呼ぶって決めたんだ。それがうちなりの恩返しってやつ」

迷いのない目でそう口にすると、湊がユイの前にまたシンデレラの入ったカクテルグラスをそっと置いた。

その話を聞いて、湊がこの年齢であれだけの技術を身に付けられた理由がユイにも分かった。

グラスの足に白い指先を添わせると、青い瞳を閉じてささやくように呟く。

「……私にも、分かります」

自分の中の奥深くにある大事なものを想いながら。

幸せを噛み締めるような微笑みを浮かべてユイも湊に顔を上げて応える。

「私にも、もう一度歌えるようにしてくれた大事な人がいますから」

夏臣以外の前では見せない、ユイの心からの微笑み。

湊と同じように大切な人からもらった大事なものを、胸の中でしっかりと抱き締めながらその表情を微笑ませる。

可愛らしいユイの笑顔を見た湊が少しだけ驚きながらも、ユイにも同じ大事なものがあることを理解して二人の笑い声が重なった。

「藍沢さんなら、とても魅力的なサックスプレイヤーになれると思います」

「ああ、もちろん。絶対になってみせるよ」

そんな約束を交わしながら、もう一度ユイと湊の間に笑い声が小さく響いた。

◇　◇　◇

「じゃあまた明日。よろしくね」

ブルーオーシャンが開店時間になる直前に、遥と慶、湊の三人に見送られながらユイと一緒に店を後にする。

外はもうすっかりと陽が落ちていて、夜空にはいくつもの星たちが瞬《またた》いている。

外国語の看板が並ぶレトロな飲み屋と、若者向けの新しい店が混在した活気のある通りを歩きながら、ユイが微笑《ほほえ》んで隣の俺を振り返った。

「今日はほんとに楽しかった。ありがと、歌わせてくれて。夏臣のお陰で藍沢さんとも……その、色々とお話出来たし」

軽い足取りのままユイが声を弾ませて笑顔を浮かべる。

わずかに出かかった『友達』という言葉を飲み込んだのは、まだユイには照れ臭かったんだろうなと思えて、俺もユイの満足そうな笑顔で口元が自然と緩む。

「俺がユイの歌を自慢したかっただけだけどな」

「そんなこと言ってるから『お人好《ひとよ》し』って言われちゃうんだよ」

ユイが楽しげにくすくすと笑いながら夜空を見上げて歩く。

雑多な飲み屋街を抜けて川沿いの道に入ると、賑《にぎ》やかだった街の喧騒《けんそう》が少し遠くなって、並んで歩く二人の足音がよく聞こえるようになる。

静かになった夜道を歩きながら、ユイがしみじみと感慨深そうに呟く。

「鈴森さんと藍沢さんみたいな信頼関係もあるんだね」

上機嫌に夜空を見上げながら、にへらっと嬉しそうに顔を綻ばせる。

ほんの少し前まではユイだって自分のことだけで精一杯だったのに、今は他人の信頼関係をまるで自分のことのように嬉しそうに口にしている。

（ユイも本当に変わったんだな）

俺もユイのことが自分のことのように嬉しくて、その笑顔に釣られるように笑顔がこぼれる。

「明日の本番、すっごく楽しみにしてるからね？」

「ああ、たまにはカッコつけられるように頑張るよ」

俺の返事を聞いてユイが満足そうな笑顔を咲かせると、今日一緒に演奏した讃美歌《さんびか》を鼻歌で口ずさむ。

その優しいメロディーを静かに響かせながら、葉桜がそよぐ静かな川沿いの夜道を、ユイと二人で歩調を合わせながら帰路についたのだった。

7章 花火大会はデートに入りますか

I spoil
"quderella" next do
and I'm going to give h
a key to my hous

「やー、昨日のライブめちゃくちゃ評判良かったわ。マジでありがとうな、夏臣《なおみ》」

ブルーオーシャンでのライブイベントが終わった翌日の下がり。

俺の部屋でもう何度目か分からない感謝を慶《けい》が口にしていた。

テーブルの上に置いてあるノートパソコンでは店のキャストが撮影してくれていたという動画が再生されていて、ステージの上では俺がらしくない澄ました面持ちでピアノを弾いており、その隣では湊《みなと》が感情のたっぷりとこもった見事なサックスを演奏している。

俺はもちろんリハの時と同じく遥《はるか》が用意してくれたカマーベストで、湊もシルエットが綺麗《きれい》なパンツスーツで決めており、客観的に見て二人とも年相応には見えない堂々としたステージで客席からも大きな拍手が沸いていた。

「もう良《い》いだろ、終わり終わり」

「何だよ、照れんなって。いいじゃんか、カッコ良いんだから」

本番ということもあってか、湊の凄まじく気合の入った演奏に乗せられてしまって、俺も無意識のうちに熱のこもった演奏をしてしまっていたので、そんな自分を改めて見続けるのは小っ恥ずかしいことこの上ない。

さらに実を言えば昨晩のライブ後も、ユイが自分のスマホで撮影したムービーをわざわざ俺の部屋で何度も何度も見返していたので、俺としてはすでに十二分にお腹《なか》一杯だった。

抗議する慶を尻目に動画プレイヤーを終了させてノートパソコンを閉じる。

「ま、何にせよ慶の力になれたなら何よりだったよ」

この話はおしまいと切り上げると、珍しく照れている俺を見て慶がからかうようにけらけらと笑い声を上げた。

ひとしきり俺をイジり終わると、慶が自分のボディバッグから封筒を取り出して俺に差し出す。

「じゃあこれ、昨日のギャラな」

「いや昨日も言ったけど、あんな付け焼刃の演奏でギャラなんて受け取れないって」

「あんだけ盛り上げてもらったんだから正当な報酬だろ。それにこれはウチの店からの感謝の気持ちでもあるんだから、受けとってもらわないとこっちも困るんだって」

そう言いながら強引に俺の手に握らせるので、仕方なく観念して受け取ることにする。

何とも言えない複雑な顔をしている俺を満足そうに眺めながら、慶が鞄《かばん》の中からもうひとつ白い封筒を取り出して見せた。

「それと、これはオレからだ」

「は？　慶からって……」

不意を突かれたセリフで差し出された封筒を思わず素直に受け取ってしまう。

それは作りのしっかりした白い横開きの封筒で、宛先などは書いておらずむしろ封がされていないただの入れ物のようだった。

慶が視線で「開けてみ」と促してくるので開いて中身を取り出す。

「……八景島シーパラダイスのチケット？」

中に入っていたのは『横浜八景島《よこはまはっけいじま》シーパラダイス』のペアチケット。

八景島シーパラダイスは横浜から南に進んだ海岸線沿いに作られた埋立地の人工島で、敷地《しきち》内には水族館と遊園地、ショッピングモールやホテル、マリーナが併設された複合型のアミューズメントパークだ。

横浜からのアクセスも良《い》いため、観光地としても人気のあるスポットになっていて、横浜デートの定番コースのひとつに挙がるような場所だった。

そしてさらに別のチケットが重なっていることに気付いて目を凝らす。

「花火シンフォニアって……これ、花火大会のチケットか？」

八景島は海の上に建てられていて見晴らしも良《い》いため、夏には花火大会の会場として毎年大きな花火大会が催される。

そのチケットに書かれてる日付は来週の土曜日で、中央付近にある『特別観覧席』という文字列が目に留まった。

それも同じ様に二枚入っていて、合計四枚のチケットを扇状に広げたまま顔を上げる。

「お客さんからのもらい物なんだけどウチの連中はみんな都合悪くてな。だからせっかくならオレを助けてくれた友達に行ってもらいたいなって思ってさ。せっかくならヴィリアーズ嬢でも誘って行ってきてくれよ」

慶がいつも通りの軽い調子でそう言うと、肩を竦めて安心したような溜息を吐き出す。

「湊も不器用っつーか、真っ直ぐ過ぎる性格してるからさ。それに普段からウチのキャストさんたちとばっかり喋ってるせいもあって、同年代と話も合わないみたいでな。だから仲良くなってくれたヴィリアーズ嬢にも感謝ってことで」

いつものようにけらけらと笑いながら慶が嬉しそうに目を細める。

確かに湊のあの性格だと誰とでも仲良くという感じではないとは思うし、自分の意志がハッキリしていて同年代よりも大人びているとは思う。

友人付き合いは我慢や遠慮をしてたら成立はしないし、ユイと湊は歌とサックスの違いはあれども音楽という共通項もあるし、お互いに意気投合出来る部分もあったようだし。

ミュージシャンになりたいという夢も含めて、一番近くで湊を心配し続けて来た慶が安心するのも分かる気がした。

「ヴィリアーズ……いや、ユイも藍沢と色々話せたって喜んでたよ。友達とはまだ言いづらかったみたいだけど」

「湊の素直じゃなさも筋金入りだから、案外気が合うのかもな」

そう言って慶が愉快そうな笑い声を上げる。

確かにライブが終わった後は俺への態度も大分違っていた。

もちろん愛想が良くなったりとかではないけども、ちゃんと認めてもらえた感じがあるというか、知り合いになったというか、そんな程度には仲が深まった気はする。

外と内で見せる顔が違うという点は確かにユイと同じ部分もあるなと思うと、あの愛想のなさも少し微笑ましく思えてくる。

「じゃあこのチケットはありがたくもらうよ」

「ああ、ヴィリアーズ嬢とのデート楽しんで来てくれ」

何気ない慶の一言に思考が止まる。

「……デート？」

「男女二人で花火大会に行くならデートだろ、普通は」

不思議そうにそう口にする慶を横目に、俯いてあごに手を当てて考えてみる。

男女でシーパラダイスへ行く。男女の関係で花火大会へ誘う。

そのフレーズで去年の今頃、香澄《かすみ》が俺の部屋で深酒をしてクダを巻いていた光景を思い出す。

『花火大会なんて誘われたらデートだと思うでしょフツー⁉　何で後から「みんなで花火大会

楽しみだね」とか大人数になってるかなぁ⁉　思わせぶりなお誘いで処女こじらせてるあたしをからかうのが楽しい⁉　楽しいわけ⁉　んあぁぁぁあの男だけは主イエス・キリストの御名に誓って絶対に許さないからなあぁちくしょおおぉおぉぉおぉ――ッッ‼』

そこまで大声で叫んだ後、香澄は事切れたようにテーブルに突っ伏して動かなくなった。

めちゃくちゃ個人的な怨みで語られる主の名を不憫に思いつつ香澄を介抱した思い出だが、香澄も花火大会に誘われたことを『デート』と断じていたことを思い出して、自分がユイをデートに誘おうとしている事実に気が付いて表情が固まる。

「……あれ？　もしかして、ヴィリアーズ嬢じゃなくて、他に誘いたい相手がいるとか？」

「あ、いや……誘うとしたら、それはそうなんだけど……」

余計なことを言ってしまったかのかと心配する慶が、歯切れの悪い俺の返事にさらに追加でハテナを浮かべて首を傾げる。

今までユイと二人で出かけることは多かったし、特に深く考えていたわけではなかったけども、改めて考えると今までのあれこれもデートだったのかもしれない。

別に俺に思わせぶりな意味はないし、ユイだってそんな意味で一緒に出掛けているとは夢にも思ってないとは思う。

でも俺のスマホの中に保存されている数々の写真たちを思い出すと、確かにそれらは一般的にデートと呼ばれる類のもので間違いない……ような気がしてきた。

あくまで俺とユイの間では普通のことだったので、目から鱗の事態に改めて意識をしてしまう。

真剣に悩んでいる俺を見て、何かを察した様子の慶が愉快そうな笑い声を漏らした。

「ま、ヴィリアーズ嬢なら夏臣が誘えば喜んでくれるのは間違いないだろ。真面目に考えるのは大事だけど、考え過ぎて何が大事かを見失わないようにな」

軽い調子でそう口にすると、前もくれた忠告を残して慶が部屋を出て行く。

ガチャンと玄関が閉まる音が聞こえて、一人になった部屋でテーブルの上に四枚のチケットを並べる。

「……何が大事か、か」

俺自身、シーパラダイスも横浜の花火大会も行ったことはない。

横浜の花火大会と言えば全国的にも有名な花火大会がいくつもあって、俺が住んでるマンションはみなとみらい地区の近くではあるので、去年の花火大会の日はものすごい数の人が街に押し寄せて驚いた記憶がある。

俺も大きな花火大会がどういうものか興味はあるし、誘うなら間違いなくユイだし、ユイ以外は誰も思い浮かばない。

ユイを誘えばきっと二つ返事で「行く」と答えてくれるとは思うし、目を輝かせて喜んでくれる姿が簡単に想像出来る。でも。

「デート、だよな……」

改めて呟いてみると、少し気恥ずかしい。

それでも誘って喜んでくれるユイの笑顔を想像すると、それだけでも胸の奥が温かくなって笑みがこぼれてしまう。

今までユイとは二人で何度も出掛けてるし、何気ない連絡だって取り合う。

普通の感覚で言うなら毎晩一緒に晩御飯を食べているのも『家デート』なんていうこともあるんだと思う。

でもこれが俺とユイの日常で、普通のことで、無理に他人の作った枠組みに当てはめるつもりも、当てはまるつもりもない。

だからデートかどうかなんてわざわざ意識しなくても、ユイと花火大会に行ったら楽しいだろうなと思うだけで誘う理由なんか十分だと思い直す。

「……よし」

これが俺にとっての『大事なこと』で、今一番大事にするべきことだ。

自分自身から出たその答えに納得して、机の上に並んだチケットに大きく頷《うなず》く。

「夏臣、それ何？」

「うわぁっ!?」

「ひゃわっ!?」

突然の背後からの声で俺が飛び上がると、同時に後ろにいたユイもビクッと跳ね上がった。

お互いに後ずさりながら目を丸くして固まり合う。

それからすぐにユイが我に返って、顔を赤くしながら両手を振って俺に頭を下げる。

「ご、ごめん……！　スマホに連絡したんだけど返事がなかったから、それなら来た方が早いかなと思って……！」

「え？　あ、わ、悪い、全然気付かなかった……」

まだ鼓動の収まらない心臓に手を当てながらスマホを見ると、確かにユイからメッセージが届いている。

時間を見ると慶が帰る少し前で、そのメッセージを開いてみると最寄りのスーパーの特別タイムセールの案内だった。

「今日は四時からのタイムセールで何でもすごく安くなるって見つけて、夏臣に教えたら喜んでくれるかなって思ったらいてもたってもいられなくて……ごめん、驚かせちゃった」

ばつが悪そうに顔を赤らめながら、悪戯をしてしまった子供のように申し訳なさそうな上目遣いで俺を窺ってくる。

その可愛らしい仕草と、実に庶民染みた理由でテンションが上がっていたユイが可笑しくて、思わず笑い声がこぼれてしまう。

「いいや、嬉しいよ。わざわざ教えに来てくれてありがとうな」

自分がデートだ何だとうだうだ考えている最中に、ユイはいつも通りスーパーの割引情報をチェックしてたのかと思うと、何だかほっとして余計な肩の力が抜ける。

「夏臣が喜んでくれて良かった。嬉しい」

俺の返事を聞いたユイが誇らしげな笑顔で大きく頷き返してくれる。

部屋の置き時計を見ると三時半で、ユイが見つけてくれたタイムセールにちょうどいい時間。

「じゃあせっかくだし、少し多めに買い溜めしに行くか」

「うん、入らなかったらうちの冷蔵庫も使って良いからね」

「あ、その前にちょっとだけいいか？」

まるでこれから遊びに行くかのように楽しげに声を弾ませるユイを呼び止める。

不思議そうに首を傾げるユイに、テーブルの上に並べてあったチケットを差し出して来週末の予定を尋ねた。

◇　◇　◇

「ヴィリアーズさ、来週末に片桐《かたぎり》と花火大会デートに行くんでしょ」

その次の日の昼休み。

慶からチケットの件を聞いていた湊の発言に、ユイが思わず動揺して地面に視線を泳がせた。

人気のない静かな校舎裏にある非常扉の出入り口。

そこにある数段の階段に腰掛けた湊が大口を開けてカレーパンをかじりながらユイを見上げている。

首に掛けたヘッドホンからは彼女らしいジャズが微かに漏れ出ていて、立ち竦んだままどうしていいか分からないユイを見て、湊がミュージックプレイヤーの停止ボタンを押す。

「そんなとこに突っ立ってないで、隣座れば？」

「あ、はい、失礼します……」

湊に促されるままユイが隣に腰を下ろすと、購買で買ったばかりのまだ温かいパンの熱が紙袋からじわりと手に染み込んで来る。

お昼休みに購買でパンを買った帰り、湊を見かけてつい追いかけてここまで来てしまっただけなので、何を話せばいいのか分からないままユイが隣をちらっと窺う。

湊は特に何か気にした様子もなく、首にかけていたヘッドホンを外して隣の鞄にしまい込む。

それからさっき言われたことをユイがもう一度尋ね返した。

「えっと、なお……片桐さんと花火大会に行くのは、デートなのでしょうか？」

「普通の人はそう言うと思うけど」

校舎裏に植えられている樹々からの木漏れ日に照らされつつ、その返答を聞いて改めて考えてみる。

昨日、夏臣に花火大会に誘ってもらって二つ返事で了承した。

むしろそんな素敵なイベントに誘ってもらえたことが嬉しくて、「行きたい！」と前のめりに喜んだ。

その後、寝る前にどんな場所なんだろうと思ってシーパラダイスを検索したところ、『夏の横浜デート特集！』と大々的に特集記事が組まれていて、「もしやこれって夏臣にデートに誘ってもらった……？」と思っていた疑念がじわじわと確信に変わっていく。

（やっぱり、デートかぁ……）

今更ながら能天気に喜んでいた自分が恥ずかしくなってきて、隣から顔が見えないように俯いて自分の髪の毛を無意味にいじくり回す。

その隣では湊が『この人も人並みに照れたりするんだな』と思いながら、パック牛乳に挿したストローを咥えつつその様子をじーっと眺めていた。

その無遠慮な視線から逃れるように、何か別の話題がないかとユイが必死に頭を巡らせる。

「その、藍沢さんはいつもこちらでお昼を食べられてるんですか？」

「そーだね。うちみたいのは一人の方が気楽だし」

面倒くさそうに答える湊の言ってる意味が分からず、ユイが青い瞳をぱちぱちとさせながら首を傾げた。

「別にそんな深い意味はないよ。無理して群れるくらいなら一人の方が気楽ってだけの話」

勝ち気な瞳を溜息で細めながら、湊が肩を竦めてそう要約してくれる。

確かに湊のストイックで尖った空気感は、進学校でもあり伝統あるミッションスクールの東聖学院の大人しいイメージとは合わない。

だからと言ってこうやって一人でいることに卑屈さは感じないし、それどころかカッコいいとさえ思えるくらい様になっている。

でもそれならば、とひとつの素朴な疑問が不意に口からこぼれ落ちた。

「それなら藍沢さんは、どうしてこの学校に進学されたのですか？」

東聖学院はそれなりの進学校なので入学にはそれなりの学力が必要になるし、そこまで厳しくないとは言えそれなりの規則もある。

湊のように自分の目指す目標がはっきりとしている人ならば、もっと別の選択肢もあったのではと思ってその横顔を眺める。

「……別に学校なんて、近ければどこでも良かったから。それに知り合いもいたし」

ばつが悪そうに頬を染めた湊が、すでに空になっている牛乳をじゅるるるとすすりながらユイから顔を隠すように逸らした。

顔を赤くしながらスネたように唇を尖らせる湊を見て、色恋沙汰に鈍いユイでも彼女が慶を追って入学したということを察して、思わず緩んでしまう口元を両手で隠す。

（か、可愛い……！）

湊のようなカッコいい女の子が、好きな人を追ってこの学校に入ったということにユイの心がきゅんと射抜かれてしまう。

「別にいいんだって、そんなことは。あんたも早くパン食べなよ。昼休み終わっちゃうよ」

「あ……はい、そうですね」

まだ照れて顔を赤くしたままぶっきらぼうにそう促す湊の横顔を見ながら、どきどきと高鳴ってしまう胸を押さえつつ、ユイも紙袋からまだほんのり温かいチョココロネを取り出す。

二人ともが何とも言えない空気に包まれながら並んでパンを食べていると、湊がユイに顔を向けて沈黙を破った。

「ヴィリアーズってさ、片桐と付き合ってんの？」

「ふぇ……？　付きあって……」

チョココロネをかじったままユイが隣の湊に顔を向ける。

それから少しして、自分に聞かれてる意味をようやく呑み込めたユイの顔がみるみると赤く染まっていく。

思わずむせそうになるのを堪えて、一緒に買って来たパックのミルクティーを必死に飲み込んで何とか身体《からだ》を落ち着けて深呼吸を繰り返す。

「いえ、片桐さんとは、そういう仲では……」

努めて冷静にユイがそう答えるが、その澄ました表情は首から耳まで真っ赤なままだった。

（……この人、意外に顔に出るタイプなんだな）

明らかに動揺してるユイを見て、色恋沙汰に鈍い湊でもその胸中を察しつつ、その無理している澄まし顔をまじまじと見つめる。

「好きなんだ、片桐のこと」

湊が勝ち気な瞳を楽しそうに緩めながら、後ろの鉄扉《てつとびら》に背中を預けてそう呟《つぶや》く。

その一言で、いよいよユイの逃げ場がなくなった。

否定をすることも出来ず、かと言って肯定をすることも出来ず、湊から顔を逸《そ》らすように肩を丸めて両手で抱えたミルクティーをちびちびと口に含んだ。

二人の間にまた沈黙が訪れて、日陰と木陰が混ざった校舎裏に初夏らしい緩やかな風が吹き抜けていく。

（……私と夏臣の関係って、どう説明すればいいんだろう）

自分にとって夏臣は特別な人だと言い切れても、それ以上の説明の仕方がユイ自身にも分からない。

ただの友達なんていう言葉では片づけられないほど信頼もしてるし、夏臣自身がそれよりも内側に自分を置いてくれてるのも分かるし、それは間違いなく素直に嬉《うれ》しい。

私が特別だと言われると胸が切なくなるし、普段の学校では見せない顔を私の前でだけ見せてくれるのは言葉で言い表せられないくらいに嬉《うれ》しくなる。

何気ない連絡をしてくれた時は嬉《うれ》しいし、私の名前を呼んでくれるのも嬉《うれ》しい。

それだけで十分に満たされてるし、それ以上なんて考えてもいない。

花火大会だって夏臣と行ったらきっと楽しいだろうなと思っただけで、デートに誘われたとかそういう意識すらなかった。

でも、好きなのかと聞かれれば……どう答えるかなんて決まっている。

顔を真っ赤にしながら薄い唇を小さく噛《か》むユイを見て、隣の湊が申し訳なさそうに表情を曇らせた。

「……あの、ごめん。ふつーに人として好きなんだねって意味で言ったんだけど……」

「………ふえ?」

ぽかんと口を開けたユイがさらに赤く茹《ゆ》で上《あ》がった顔を両手で塞いで丸くなった。

穴があったら入りたいというのはこういう気持ちのことを言うのか。

自分の勘違いとはいえ、色々と真面目に考えていたことが全部恥ずかしさに変わって強烈に悶える。

「……その、ほんとごめん」

「いえ、大丈夫ですから……少しだけ、待って下さい……」

その場に転がって大声で叫びたい衝動を必死に堪えながら、ユイが顔を隠したまま搾り出すように湊に返事をする。

実は一連のユイを見ていた湊の方も、ユイのリアクションの可愛《かわい》さに悶《もだ》えそうになるのを必死に堪えながら、木漏れ日の隙間からよく晴れた空を真っ赤な顔で見上げていた。

それから少し時間が経って、ようやく二人とも顔の赤みも熱も引いて落ち着きを取り戻す。

ようやく一息ついたユイが自分の頬をぺたぺたと触りながら、ここ最近ずっと胸の一番奥でくすぶっていた気持ちがゆっくりと口からこぼれる。

「……あの、藍沢さん」

湊がその声に顔を向ける。

ユイがもう一度ゆっくりと深呼吸をして、その胸の内を言葉にする。

「好きって、どういう気持ちのことを言うのでしょうか」

ユイが自分自身に言い聞かせるようにそう呟いた。

ずっとずっと考えていても分からないこと。

私と夏臣の関係。

私は夏臣をどう思ってるのか。

私は何を求めてるのか。

「片桐さんは、私の大切な人です。見返りもなく優しくしてくれて、何も出来ない私をいつも隣で支えてくれて……」

恋という言葉は知っていた。

愛なんて言葉も聖書や賛美歌、物語の至るところに載っていたから名前だけは知っていた。

でも私はまだ、その気持ちを知らない。

どういう気持ちをそう呼ぶのかが分からない。

「今の私は夏臣に甘えてるだけで、何も返せてないから……」

夏臣のことは、好き。

さっきの藍沢さんの質問に答えるなら迷いなくそう答える。

人としての魅力も、友達としての魅力も、異性としての魅力だって感じる。

私にとって特別な人だと、誰相手にだって胸を張って言える。

でも、だからこそ。

特別に想《おも》う相手だからこそ。

「この気持ちをまだ、都合良く『恋』とは呼びたくないんです」

ユイが眉根を下げて困ったような微笑《ほほえ》みを湊に向けた。

初めて見たユイの弱々しい寂しそうな微笑み。

ああ、この人もこんな顔をするんだと思いながら、湊もその真っ直ぐな言葉に応えた。

「うちも分かるよ、その気持ち」

湊がユイと同じように困ったような笑みを浮かべて、長い溜息を吐き出しながらよく晴れている空を見上げる。

あまりにも大きくて沢山のものをもらい過ぎてるが故に、その気持ちを恋なんていう綺麗な言葉で片づけられない。

いや、自分がそんな言葉で片づけたくない。

何よりも大事に想ってる相手だからこそ、ちゃんと胸を張れる言葉で伝えたいから。

そんな相手を瞼の裏に浮かべながら、湊も同意の言葉をこぼして笑みを浮かべた。

「面倒だね、うちら」

「そうかもしれないですね」

誰もいない校舎裏に湊とユイの小さな笑い声が重なる。

同じ気持ちを抱えた者同士が同じように木漏れ日の隙間から見える青空に目を細めて、二人でくすくすと小さく笑い合う。

「でもこういうのってさ、結局は何が一番大事かって話なんだよね」

湊がさっきよりも柔らかくなった表情で、呟くようにそう口にした。

それは前に夏臣が言っていたことと同じ言葉で、ユイの瞳が微かに丸くなる。

「そんな意地を張ったせいで失くしたとしても、それで後悔しないことなのかって。そう言われたんだよね、昔に」

「後悔、ですか……」

藍沢さんの言ったことを確かめるように呟いてみる。

私はまだ自分の気持ちに自信が持てない。

自分の気持ちが分からないから、それで夏臣に何も伝えられないままでいいのか。

いつかこんな関係が終わって、それぞれの道が別れる時が来るとしたら。

自分の気持ちに気付いた時には、もう伝えられる相手がいないとしたら。

その時に私は変わらず笑っていられるのだろうか。

私はその時になっても後悔しないのだろうか。

「……っ」

そう思ったら急に胸が締め付けられて苦しくなる。

まだこの気持ちを自分で恋だとは言えない。

それなのに苦しくなってしまう。

私はなんて自分勝手で、わがままなんだろう。

知らずに俯いて丸まっていたユイの背中を湊の手がぽんと叩く。

「分かるよ、その気持ちも」

「藍沢さん……」

「でも、下を向いちゃだめだ」

瞳を優しく細めた湊が苦笑いを浮かべながら隣で小さく頷《うなず》く。

藍沢さんも、この甘くて苦しい気持ちを胸に抱えている。

何だかその一言だけで心強くて、それだけで胸の締め付けが緩んでくれる。

丸まっていた背中に添えてくれた手がそっと心を支えてくれてるみたいで、知らずに俯いていた顔を上げて笑みを浮かべた。

それを見た湊が後ろの鉄扉《てっとびら》に背中を預けて、空に向けて長い溜息《ためいき》を吐き出す。

「自分に素直になるってだけで、どうしてこんなに難しいんだろうね」

「そうですね、とても難しいです」

ユイも同じ苦笑いを浮かべたまま、湊と同じ様に背中を鉄扉に預けて空に瞳を細める。

「いつかヴィリアーズとも一緒にステージに立ちたいな」

両手を頭の後ろに組んで、少し照れながら湊が空に向かって呟《つぶや》く。

サックスと歌。

お互いの大事なものを一緒に重ねたい。

遠回しな誘いを湊らしいなと可笑《おか》しく思いながら、青空を眺めるユイの表情にも微笑みが浮かぶ。

「ユイ、です」

湊がユイの横顔に視線を動かす。

「私も藍沢さんと一緒に歌いたいです。だから、ヴィリアーズではなくユイって呼んで下さい」

ユイも湊に視線を向けたまま青い瞳を柔らかく細める。

夏臣以外の前では見せないその優しい微笑みに、一瞬見惚れかけた湊も頰を赤らめてくつくつと微笑んで頷く。

「じゃあユイもうちのこと、湊って呼んでよ。」

「はい。こちらこそよろしくお願いします、湊さん」

「湊、だってば」

「み、湊……さん……？」

ユイが頑張ってる様子に湊が小さく笑い声を漏らすと、ユイも恥ずかしくなって思わず笑い声がこぼれる。

それからお互いに食べ途中だったパンを手に取って口へと運ぶ。

初夏を告げる気持ちの良《い》い風が二人の髪をそっとなびかせて、青空の中に浮かぶ高い雲の形を変えて少しずつどこかへ運んで行く。

「こないだのカクテルさ。レシピ教えてあげるから、片桐に作ってあげたら？」

湊がユイを横目で見ながら、さっきより柔らかい声でユイに見えるようにスマホを持ち上げて見せる。

「はい。ぜひよろしくお願いします」

またしても遠回しな湊の意図を汲《く》んだユイも、同じように微笑みながらブレザーのポケット

からスマホを取り出して電話帳のアプリを起動した。

8章 嫉妬もとろけるクリームシチュー

I s
"quderella" nex
and I'm going to gi
a key to my

「昼休みに教室にいないと思ったら藍沢《あいざわ》と一緒だったのか」

「うん。湊《みなと》さんと、その……友達になれて」

友達という部分をくすぐったそうにしながら、ユイがにへらっと照れた微笑《ほほえ》みを浮かべながら嬉《うれ》しそうにそう口にする。

ユイが藍沢のことを名前で呼んでるのを聞くと、きっといい話が出来たんだろうなと思えてつい俺にも笑みが浮かぶ。

いつものようにユイとキッチンで肩を並べて晩御飯のクリームシチューの仕込みをしながら、ユイが今日あった嬉《うれ》しいことを話してくれる。

ああ、やっぱり本当にこんな時間が心地好いな。

改めてそう実感しながら、ユイと手分けして鶏肉《とりにく》と野菜の下ごしらえを進めていく。

「で、藍沢とどんな話したんだ？」

「え？　あ、うん、えっと……お、音楽の話……とか？」

「いや俺の方が聞いてるんだけど」

「あ、そうだよね？　その、どんなパンが好きか……とか？」

妙な疑問形の返事のまま、何やら顔を赤くしたユイが黙々と野菜カットに戻る。

音楽やパンの好みの話でそこまで仲良くなるものかと思いながらも、その横顔からは『これ以上は聞いてくれるな』という意志が伝わってくるのでこれ以上の詮索を止める。

（ま、女同士だからこそ出来る話もあるんだろうしな）

何はともあれユイに友達が出来たことを内心で祝福しつつ、鶏肉《とりにく》の下処理に戻って話題を変える。

「でもユイも本当に変わったな」

「え、変わったって？」

「ちょっと前なら、自分から他人に関わろうなんて思わなかっただろ」

「そうだね。夏臣《なおみ》の言う通りかも」

少し考えてから、少し照れた笑顔で俺の言葉に頷いてくれる。

音楽という共通項があるとは言え、性格的にはユイと藍沢はかなり違う。

逆に言えばそれを繋《つな》げられるくらいに、お互いのサックスと歌が響き合ったと言える結果なのかも知れないなと思うと、自分がその後押しが出来たことを少し誇らしく思える。

ユイが俺以外の前でもこんな笑顔を見せるのは、少しだけ妬ける気持ちもあるけど。

「でもこういうのは全部、夏臣のお陰だからね？」

マッシュルームを丁寧に切り分けながら、ユイが幸せそうな微笑《ほほえ》みを向けてくれる。

「ユイ……」

何だかその笑顔がいつもよりも柔らかいと言うか、自然と言えばいいのか……率直に言うと、女の子らしい可愛《かわい》さを感じてしまって思わず顔を逸《そ》らす。

いやユイは普段から美人だし、笑った顔が可愛《かわい》いのは間違いない、いつものことだ。

そうなんだけども、妙にぐっとくるような微かな色気がある……ように見えてしまった。

(慶とあんな話をしたから、俺が変な意識をしてるのか……？)

そわそわと落ち着かない感じで、ユイから視線を逸《そ》らしてフライパンの上の鶏肉《とりにく》を菜箸で無意味にいじくって自分を落ちつける。

(……私、上手《うま》く笑えてるかな)

夏臣に教えられた通りにマッシュルームの石突を切《き》り揃《そろ》えて、傘から丁寧に四等分に切り分けていく。

ちらっと横目で隣の夏臣を見ると真剣な表情で鶏肉《とりにく》の焼き加減を見ていて、すぐに慌てて視線を手元のまな板と包丁に戻す。

昼間に湊さんとあんな話をしたからか、今日はまともに夏臣の顔が見れない。

目が合うだけで顔が熱くなるのが自分で分かるから、夏臣の顔を見て話したいのに上手く見て話せない。

今もすぐ隣に夏臣がいるって思うだけで、胸の奥がぎゅうっと締め付けられて鼓動が速くなってしまうのを必死で堪えてる。

湊さんに『都合良く恋とは呼びたくない』なんて言っておきながら、意識をし出したら気持ちが溢《あふ》れて止められなくなってしまっていた。

こんな気持ちじゃだめだ。

せっかくの楽しい時間なのに、こんなことでギクシャクしてたくない。

今は変な意識をしないで、この時間をちゃんと楽しみたい。

油断するとあっという間に散り散りになってしまいそうな集中力を何とか抑え込んで、ゆっくりと慎重に包丁を扱う。


それぞれがそんな感じで二人とも次の言葉が出せないまま、自分の手元を黙々と見つめてシチューの仕込みを進めていく。

お互いの意に反して高まり続ける緊張感を緩ませようとして、夏臣が必死に別の話題を探し続けてようやく話題を思いついた。

「そう言えば花火大会に行くってこと、ソフィアには話したのか？」

「え？　何でソフィー？」

唐突で余りに意外過ぎる名前にユイが首を傾《かし》げる。

「いやだってこういうの言わないと後でうるさいだろ、あの人」

「いいよそんなの別に言わないで。小さな子供じゃあるまいし」

ユイがスネたように唇を尖《とが》らせて鼻を鳴らした。

ちょっと前にソフィアがユイの様子を見に日本に来た時に俺も連絡先を交換したわけだが、保護者への近況報告をしろとそこそこの頻度で催促が来るので、仕方なくある程度の返信をしたりはしている。

それでソフィアが安心するならばと思って返事をしてはいるが、もちろんユイからも近況の連絡はしてるらしく、こないだの慶の店のライブでユイが撮影した俺の写真を『悪くないけどやっぱ年齢の深みが足りないわね』などというメッセージが添えられて届いたりもする。

別に格好つけるためにやったわけじゃないんだからほっとけとは思いつつも、それを言うと面倒そうなので基本言われるがままだ。

「ソフィーが私のことを心配してくれるのは分かるし嬉《うれ》しいんだけど、もう少し放っておいて欲しいなぁ」

ユイが眉根を寄せながら、うんうんと頷いて長い溜息《ためいき》を吐き出す。

押されれば引いてしまうというか、ユイを見てると過干渉な姉を持つと妹はその分引いてしまうものなんだなぁと実感する。

逆に片桐《かたぎり》家では俺の妹の方がやたらと構え構えと言ってくるので、ウチでは俺の方が引いてバランスが取れているのかもしれない。

でも今回は慶からもデート認定されていることも含め、やっぱり保護者代わりのソフィアに秘密で行くのは少し心苦しいかなと思うところもある。

やましいことはないからこそ言わないといけないというか、信頼してユイのことを任せると言われてる以上、やっぱりちゃんと連絡はしないといけないような気がするというか。

真面目にそんなことを考えてると、隣の青い瞳が半目で俺を見上げてることに気が付く。

「……夏臣って、ソフィーと仲良いよね」

珍しく若干の刺《とげ》を感じる声でユイがそう口にした。

「いや別に仲良くはないと思うけど……」

さすがに『仲が悪い』とまでは言うつもりもないけど、でも仲が良《い》いかと言われたらそれは違う気がして否定する。

メッセージのやり取りはしていても、内容はほぼ全てユイに関することだし、何か雑談するわけでもないし、お互いのことを話すわけでもない。

あくまでソフィアはユイの保護者というだけであって、俺の友達だと思って連絡したことは一度もない。

「ソフィーだってプライベートで男の人と連絡取ってることなんてなかったし。私の写真に紛れてさり気なく夏臣の写真も送れとか言ってくるし……」

納得が行ってなさそうなユイが唇を尖《とが》らせたままぶつぶつと続ける。

今まで見たことないような渋い顔で、明らかに面白く無さそうな様子で切った野菜をボウルに移していく。

イジけたように嫉妬で頰を膨らませるユイが可愛らしくて、思わず笑い声がこぼれてしまう。

「俺とソフィアの間でユイの連絡以上のやりとりは何もないぞ」

「え？」

「少なくともユイを嫉妬させるようなことは何もないから安心してくれ」

「私が、嫉妬って……」

ユイが俺の言ったことを繰り返して考え込む。

それからハッと目を丸くして慌てて両手を振った。

「ち、違うの……！　別に私は、嫉妬してたわけじゃなくて……！」

赤くなった顔でうろたえながらユイが言葉尻を濁す。

俺から顔を隠すように俯《うつむ》いて、肩を丸めながらしおしおとしぼんでいく。

長い髪の隙間から薄い唇を小さく嚙《か》むのが見えて、それから恐る恐る俺を窺うような上目遣いを向ける。

「……嫉妬して、意地悪なこと言っちゃった。ごめん」

小さな両手を胸の前でぎゅっと握りながら、申し訳なさそうに視線を落としてユイが謝る。

その素直さもまた可愛いなと思いながら、わざと軽い感じで肩を竦めて見せた。

「相手はソフィアなんだから、嫉妬するようなことないだろ」

「ううん、ソフィーだからだよ……」

ユイが眉と視線を下げてまた小さく唇を噛む。

「ソフィーは美人だし、明るいし、大人だし……それにスタイルもいいし、有名人だし……」

憧れているものを数えるように、ひとつずつユイが呟《つぶや》き上げていく。

それから長い溜息《ためいき》を吐き出しながら、顔を上げて困ったような微笑《ほほえ》みを浮かべた。

「……私には、ないものばっかりだから」

絞り出すような頼りない声でユイが小さく笑った。

久しぶりに見たユイが自分の気持ちを隠す時に見せる笑顔。

胸の奥が締め上げられるような息苦しさを覚えて、反射的に言葉が漏れ出る。

「だから、何だよ」

「え？」

「ソフィアが美人で、大人で、スタイルが良くて、有名人だから、何だって？」

「夏臣……」

ユイの目をまっすぐに見てそう続ける。

胸の中にくすぶってる息苦しさを押し殺しながら、ユイの奥まで届くように出来る限りの気持ちを込めて目の前のユイをしっかりと見つめた。

「ここにいるのはユイだろ」

俺が手を離さない覚悟があると約束したのも、意地らしさに世話を焼かせてもらいたくなったのも。

一緒に晩御飯を食べて居心地よく思えるのも、こんな時間を一緒に過ごして楽しいと思えるのもユイだ。

だからこそ誰かと自分を比べて、こんな笑い方をして欲しくない。

「自分にないものばっかり数えないで、自分が持ってるものも考えろよ。他人と自分を同じ物差しで測ったって意味ないだろ」

「私が、持ってるもの……」

俺の畳みかけるような言葉に、ユイが目を逸らすことなく息を呑む。

ソフィアとユイは違う人間で、それを比べる意味なんかない。

良いところも悪いところも、そんなものは全てただ見る角度によって変わるだけのものだ。

たとえソフィアが誰にでも分かりやすい魅力を多く持っていたとして、だからユイよりも優れているなんてことは絶対にない。

それをユイ自身に理解して欲しいと、俺の考えの押し付けだとは分かっていても、その青い瞳をしっかりと見つめて伝える。

「少なくとも俺はユイにしかこんなわがままは言わない」ユイじゃなかったら、ここまで踏み込もうなんて思わない。

俺の考えを分かって欲しいなんてのは、我ながら子供染みたわがままだとは思う。

そうだとしても、そんなことでユイに劣等感でこんな顔をして欲しくない。

「だから、自分《ユイ》のことをそんな風に言うなよ」

「……夏臣」

丸くなっていた青い瞳を優しく細めて、小さな声で俺の名前を呟く。

微かに瞳を揺らしながら、何だか泣いてしまいそうな微笑みを浮かべる。

好き放題に言い終わった後で照れ臭さが込み上げて来て、視線を床に落としながら後ろ頭をぐしぐしと掻く。

ユイが小さな両手を胸の前で握って、俺の言葉をしっかりと受け止めながら小さく頷いた。

「うん、ごめん。もう言わないから」

少しだけ頬を赤く染めながら、にへらっと幸せそうな笑顔をユイが咲かせる。

何も出来ない自分を肯定してくれる言葉が胸の奥に沁《し》み込んで、嬉《うれ》しさが涙になって溢《あふ》れてしまいそうになるのを必死に堪えた。

（……ああ。こういうとこ、やっぱり夏臣だなあ）

夏臣はいつも本当に自分が欲しい言葉をくれる。

その言葉が暖かすぎて、胸の奥が苦しいくらいに甘く締め付けられる。

嬉しさが溢れ過ぎてしまって、どんな顔をすればいいのか分からない。

上手《うま》く笑おうとすると、代わりに涙が出そうになってしまう。

それでもちゃんと伝えたいことを言葉にするために、震えてしまいそうな声をぐっと抑える。

「あのね、夏臣……」

夏臣も、湊さんも教えてくれた大切なこと。

私にとって一番大事なこと。

何よりも大事にしたい気持ち。

「私も夏臣じゃなかったら、こんな風に甘えられなかったと思う」

今度は夏臣の目が微《かす》かに丸くなって、それから優しく細めた瞳で私を見つめてくれる。

夏臣が真摯に手を引いてくれたから。

一生懸命に背中を支えてくれたから。

例えこの気持ちがまだ恋とは言えなくても。

でも私は、ここにいたい。

それが私の心からの素直な気持ちで、一番大事なこと。

だから。

「きっと夏臣じゃなかったら、助けてなんて言えなかったよ。ありがとう、本当に」

その言葉と一緒に精一杯の笑顔を浮かべて、感謝の気持ちを込めた視線を夏臣に向けた。

夏臣がまたほんの少しだけ驚いた後、いつも通りの優しい微笑みで頷いてくれる。

「それならその……嬉《うれ》しいな、俺も」

「私も夏臣が言ってくれたこと、すごく嬉《うれ》しかった」

夏臣が照れた時に見せてくれる頬を掻《か》く癖。

その仕草が妙に愛おしく感じて、小さな笑い声が零《こぼ》れてしまう口元に手を当てる。

お互いに少し赤くなった顔を見合わせて、示し合わせたように笑い合う。

「花火大会、楽しみにしてるからね」

「ああ、俺も楽しみにしてる」

お互いの笑い声を重ねながら暖かくて柔らかい空気に包まれて、二人で今晩用のクリームシチュー作りを再開したのだった。

9章　恋のシンフォニア

I sp
"quderella" next
and I'm going to giv
a key to my h

そして暦が進んで七月に入った。

三期制の東聖学院は月頭に期末テストがあり、その結果次第では夏休みの補習に苦しむ生徒も出て来る。

俺とユイにも当然期末テストはあるわけだが、俺はそもそも特待生で入る程度には勉強が出来るし、ユイも基本的に真面目に授業に取り組んでいるので何の問題もない。

テスト期間中も普段と変わらず二人で晩御飯を食べて、特に一緒に勉強するということもなく過ごしていても、二人とも成績は学年のトップグループに位置していた。

ちなみにユイはイギリスで幼少期を過ごしたお陰で英語はほぼ完璧な分、日本語が中心になる現国が苦手らしい。

言われてみれば当たり前のことだが、日本語が不自由なところなんか見たことがないので割と意外だった。

そして今日は俺にとって期末テストなんか比にならないほど気になって仕方がなかったシー

パラダイスの花火大会の日で、ユイとデートの約束をした日だった。

家の玄関に鍵をかけると、ひとつ深呼吸をしてから一人で駅へと向かう。

ユイが今日は午前中から出かける用事があるとのことで、最寄り駅で待ち合わせてからシーパラダイスに向かう予定になっている。

念のためスマホで時間を確認すると四時四十五分。

ユイに指定された待ち合わせの時間が五時なので、五分前には到着する予定だ。

（駅で待ち合わせとか、それこそ何かデートっぽいよな……）

普段から学校帰りにスーパーで現地集合したり、家から一緒に買い物に出たりはするけども、休日に駅で待ち合わせて遊びにいくというのは初めてのことで、改めてそう思うと緊張で少し表情が硬くなる。

慶《けい》からもさんざん「デートなんだから下調べはしとけよ」などと言われ続けていたので、自分の中でもデートという意識が強まっているのかもしれない。

（変な意識はせずに普通に楽しめばいいんだからな……）

妙な浮かれ方をしないよう、改めて自分に言い聞かせている内に駅に到着する。

軽く周りを見回して見るがユイの姿はまだ見えないので、『着いた』とユイにメッセージを送ろうとスマホに視線を落とした瞬間。

すぐ隣からカランと小気味よい下駄《げた》の足音が聞こえて顔を上げる。

「……ユイ？」

思わず息を呑《の》みながら、そこにいる相手の名前を確かめるように呟《つぶや》く。

そこに立っていたのは上品に浴衣《ゆかた》を着こなした、最高に可愛《かわい》らしい女の子。

淡白い薄青色の生地に、濃い群青《ぐんじょう》の朝顔の花が散りばめられた浴衣《ゆかた》。

朝顔には所々に紫色の影取りがされていて、深みのある青色の帯が全体の色合いを引き締めて華やかさと優雅さと可愛《かわい》らしさを際立《きわだ》たせている。

いつもは下ろしている長くて綺麗《きれい》な黒髪は大きめの花があしらわれたヘアピンでアップにまとめられていて、ほんのりと施された薄化粧がユイの青い瞳と整った顔立ちをより一層に引き立てていた。

予想もしてなかった特大の不意打ちに息をするのも忘れて見惚《みと》れていると、ユイが落ちた髪を耳に掛けながら頰を赤らめて俺に上目遣いを向ける。

「……変じゃない、かな」

少し恥ずかしそうに俺を覗《のぞ》き込《こ》む仕草が可愛過ぎて、呼吸すらも忘れそうになりながらも何とかギリギリで我に返って返事をする。

「いや、変どころか……めちゃくちゃ似合ってる……」

「ほんとに？」

「ああ、本当に……」

ぎこちないながらもハッキリとそう答えると、ほっとしたように表情を緩ませたユイが「やった」と呟《つぶや》いて無邪気に微笑《ほほえ》んだ。

その笑顔がまた可愛《かわい》らしくて、思わずにやけてしまう口元を隠して顔を逸《そ》らす。

（こんな不意打ちはダメだろ……！）

浴衣《ゆかた》姿のユイをちゃんと見たいと思っても、可愛《かわい》過ぎてまともに見れない。

去年の花火大会で浴衣《ゆかた》を着て出かける人はいくらでも見たけども、まさかユイが浴衣《ゆかた》を着て来るなんて思いもしなかったし、似合い過ぎてて本当にやば過ぎる。

「湊《みなと》さんが浴衣《ゆかた》のレンタルサービスを教えてくれたから、せっかくならと思って」

浴衣《ゆかた》に合わせた上品な紺色の和バッグを手に、まだ照れて赤い頬のまま表情をはにかませる。

深呼吸をして身体を落ち着けながら周りを見ると、通りすぎる人たちもみんな浴衣姿のユイに視線を奪われているが、当の本人は楽しそうな笑顔で気付いてる素振りはない。

これだけ可愛ければこうなるよなあと思いつつ、こほんと喉を整えて何とか自分を落ち着ける。

「ユイがそんな準備までしてくれてて嬉《うれ》しいよ」

「ちょっと浮かれ過ぎかなとも思ったけど、夏臣が喜んでくれたなら思い切って良かった」

頰を掻《か》きながら何とか視線だけをユイに向けてお礼を伝えると、さらに目を細めた可愛《かわい》らしい照れ笑いが返って来る。

わざわざ今日のために浴衣《ゆかた》のレンタルを予約して、今日も午前中からお店に行って着付けをして来てくれた。

そう思うと、その健気《けなげ》な可愛《かわい》らしさに胸が締め付けられて堪らないけれども、『今日はこれからだ、しっかりしろ』と自分に言い聞かせてユイに顔を向ける。

「じゃあ、行くか」

「うん、行こ」

お互いにまだ赤い顔を見合わせながら、駅の改札を通り抜けてホームへと繋がる階段を昇って行く。

ここからは電車を一回乗り継いでシーパラダイスのある八景島駅へ五十分程度。

帰宅ラッシュ前の時間とはいっても人はそれなりにいるので、下駄の歩調に合わせつつ人波を分けるようにユイの少し前を歩く。

「下駄《げた》は大丈夫か？」

「うん、大丈夫。歩きやすいやつ選んでもらったから」

ちゃんと俺の少し後ろを付いて来ながらユイが微笑《ほほえ》んで頷く。

カラコロと音を立てながら歩く姿はもう抜群に可愛《かわい》らしくて、何回見ても見慣れない。

「帰りの時間、結構遅くなるけど浴衣《ゆかた》の返却は大丈夫なのか？」

「返却は明日のお昼で大丈夫なんだって」

「じゃあ明日の返却は俺も付き合うよ」

「ふふ、ありがと。優しいね、夏臣は」

そんな話をしながらホームに滑り込んで来た電車に乗り込むと、京浜急行の車内は座れはしないが混んでもいない程度で、恐らく同じ目的地の浴衣《ゆかた》を着た人たちもちらほらと見かけ始めた。

ドアの脇にある手すりに掴まりながら、機嫌良く車窓の外を眺めるユイの横顔を盗み見る。

（本当に、綺麗《きれい》だよな……）

長い睫毛《まつげ》に透き通った青い瞳。

薄化粧された切れ長の目に上品な薄い唇、あごから首筋へかけての綺麗《きれい》なライン。

健康的で白い肌に、可愛《かわい》らしい髪飾りと雅《みや》びやかな浴衣《ゆかた》姿、いつもとは違う爽やかな甘い匂いが微かに香ってくる。

ユイの可愛さもある程度は見慣れたと思っていたけども、新しい一面を見る度に簡単に見惚れさせられてしまう。

俺の視線に気付いたユイがくすりと笑いながら顔を寄せて小声でささやく。

「楽しみだね」

あまりの可愛さにまた視線を逸らしそうになるが、こんなに楽しみにしてくれてるユイの隣で背中を丸めてるわけにはいかないと思って、今度はちゃんとユイの目を見ながら笑って返事をした。

そして電車を乗り継いで数十分ほど後。

「すごい、海の匂いがする！」

シーサイドラインの八景島駅を降りたユイが、微《かす》かな潮風の香りに鼻を鳴らして笑顔を咲かせた。

駅からの人波は花火大会当日ということもあってかそれなりに混雑していて、浴衣《ゆかた》の女の人や子供たちの姿も珍しくなくなっている。

去年の家の近くの花火大会に比べると、場所柄なのか若いカップルや子供連れの家族が多く見られる気がする。

スマホを確認すると六時過ぎで、花火大会までは二時間弱の時間がある。

みんな俺たちと同じように八景島の中を見て回りながら時間を調節するんだろうと思いながら隣のユイに顔を向ける。

「人混みではぐれないようにな」

「ん、エスコートお願いします」

ユイの歩調に合わせながら、駅から続いている大きな橋を渡っていく。

するとすぐにシーパラダイスの入園ゲートが見えて、その奥には遊園地らしい大きなアトラクションが多くの人で賑《にぎ》わっている。

ちなみに八景島自体は横浜市が管理しているので入島は無料。

島内にある各アトラクションや建物施設ごとに料金がかかるシステムなので、近くに住んでいる人は散歩で訪れたりもすると下調べしたWEBサイトに書いてあった。

「夏臣、水族館あっちにあるみたい」

カラコロと軽い足取りで、『アクアミュージアム』と書いてある案内板をユイが興奮気味に指差す。

「下駄《げた》でそんなに急ぐと足痛くなっちまうぞ」

「その時は夏臣が肩貸してくれるでしょ？」

「肩なんていくらでも貸すけど、無理はするなよ？」

「うん、ありがと、頼りにしてるからね」

振り返って子供のように悪戯《いたずら》っぽく笑うユイに先導されながら、人で賑《にぎ》わう園内を二人で水族館へと向かって足を向ける。

◇　◇　◇

「わあ、すごい綺麗《きれい》……！」

視界いっぱいに広がった水槽を見上げたユイから感嘆の声がこぼれた。

目の前の水槽にはキイロハギ、カクレクマノミ、チンアナゴなどシーパラダイスでも人気の高い魚たちが遊泳するサンゴ礁の海を模した水槽。

美しくライトアップされた水槽にユイが顔を近づけて中を覗き込む。

「本当に綺麗《きれい》……こんなの、初めて見た……」

ユイが優しく両目を細めて、目の前の情景を噛《か》み締《し》めるように呟《つぶや》く。

猫カフェに行った時は子供みたいにはしゃいでいたけども、ここでは静かに落ち着いた喜び方でどちらのユイも本当に可愛らしい。

（ユイと一緒にここに来れて良かったな……）

また新しいユイの一面が見れて、水槽に映り込んだ俺の顔にも自然な笑みが浮かんでいる。

チケットをくれた慶に内心で改めて感謝を告げながら、ユイのペースに合わせてゆっくりと館内を進んで行くと、さらに大きな水槽が並んでいるエリアに出た。

「夏臣、見て！　ほら！　すごい大きい！」

ユイがカラコロと足早に下駄《げた》を鳴らしながら、水槽に両手を突いて青い瞳を嬉《うれ》しそうに輝かせた。

北極や南極をモチーフにした巨大な水槽の中には、ホッキョクグマ、セイウチがそれぞれの水槽でゆったりと気持ち良さそうに泳いでいる。

サービス精神の旺盛なホッキョクグマが、水槽の前に並ぶ観客の目の前を左右に泳いで来館を歓迎してくれているようだった。

しばらくその姿を堪能してから次の水槽に移動すると、ユイが両手で口を押さえながら目を真ん丸くして感激の声を漏らした。

「Omigod! What an absolutely adorable creature...!」

そこには多種多様のペンギンたちがたくさんいる水槽で、しかもちょうどタイミングの良《い》いことに餌やりの時間らしく、水槽内にいる飼育員の周りでたくさんのペンギンたちが小さな羽をパタパタとさせながら短い首を必死に伸ばしているところだった。

「写真、写真撮らなくちゃ……！」

急いでバッグからスマホを取り出して、小さな手を羽ばたかせてるペンギンたちにユイが夢中でシャッターを切り続ける。

ペンギンたちが次々に魚を咥《くわ》えて丸のみにする度に、「わぁ、わぁ」と呟《つぶや》きながら一生懸命にその姿を撮影し続けていた。

「せっかくならペンギンと一緒に写真撮るか？」

「え、一緒にって……」

どうせなら水槽越しにユイとペンギンを一緒に写してあげようとそう提案してみると、ユイが驚いたように目を丸くして頬を染めながら俯いた。

それからもじもじと両手を絡《から》ませながら、少し恥ずかしそうな上目遣いで俺を覗《のぞ》き込《こ》む。

「……うん、夏臣が……良《い》いなら」

控え目にそう呟いたユイがスマホのカメラをインカメラに設定すると、俺に顔を寄せて二人の前にスマホを構えた。

「え？」

「え？」

予想外のことに驚いてユイを見ると、ユイも同じく驚いて俺に顔を向ける。

その反応で『一緒に写真を撮る』という言葉の認識がズレていたことに気付いて、あーなるほどねと納得した。

「……ごめん。一緒に撮るって、こういうことじゃなかったんだね……」

一瞬で耳まで真っ赤になったユイが両手で顔を隠しながら俺から顔を逸らした。

勘違いしてしまったことがあまりに恥ずかしいのか、顔を隠しているユイの肩が小刻みに震えていて、思わず笑ってしまう口元を手で押さえて隠す。

黙ってる時はクール系の美人なのに、天然というか少し抜けてるところを急に見せられると、そのギャップが可愛くて堪らない。

にやついてしまう顔を何とか戻して、まだ顔を押さえているユイに改めて提案をする。

「二人で一緒に撮るか、ペンギンをバックにして」

「……いいの？」

両手で覆っている顔からユイが青い瞳だけを窺うようにして覗かせる。

「いいも何も、俺も記念に一緒に撮りたいって思ったし」

俺が自分のスマホをインカメラにして構えると、まだ恥ずかしそうに視線を逸《そ》らしながらもユイがおずおずと隣に顔を寄せてくれる。

背景にちゃんと羽をぱたぱたしてるペンギンたちが写るように位置取ってスマホを構えると、ユイがまだ照れながらも頑張ってカメラ目線を作ってくれる。

「ほら、せっかくの記念だし笑ってくれよ」

「わ、笑ってって……こ、こう？」

まだ硬い表情のままユイが口角だけをニッと上げる。

目が全然笑ってないのでめちゃくちゃ不自然な笑顔がスマホに映っていた。

「いやもっと自然にいつも通りの感じでさ」

「ごめん……今は恥ずかしくて、無理かも……」

申し訳なさそうに眉を下げながらぎゅっと瞳を細めて視線を足元に向ける。

その瞬間に俺の指がシャッターボタンに触れてスマホからピッと音が鳴った。

「えっ……？　もしかして今の、撮っちゃった……？」

「撮っちゃった……みたいだな」

目をぱちくりとして驚いているユイに顔を見合わせて頷《うなず》く。

「い、今のはダメだよ！　私、たぶんすごい顔しちゃってたし……！」

大慌てで俺のスマホを取ろうとユイが手を伸ばす。

が、俺がスマホを避けるとユイの手がすかっと空振った。

「ど、どうして……？」

困惑するユイに向かって真剣に答える。

「いや、さっきのユイが可愛かったから、消すのはもったいないかなって」

「も、もったいないって……！」

予想外の不意打ちだったらしく、ユイが一瞬で耳まで真っ赤になる。

何かを言おうと口を開くが何も言えないまま俯いて、また何かを言おうと顔を上げても何も言葉にならないまま、また口を結んで顔を下に向けた。

館内の薄暗い照明でもわかるほどに顔を赤く染めながら、持っていたバッグを顔に当てて口元を隠す。

「……そんなこと言われたら、困っちゃうよ……」

ぎゅっと目を細めて、どうしたらいいのか困惑しながら弱々しく呟いた。

その強烈に可愛《かわい》い一言で俺も一気に体温が上がる。

（これは、やばい……やばすぎる……）

思わずやばいしか言葉が思いつかないくらいにやばかった。

心臓がどくどくと身体《からだ》中に熱い血液を巡らせて、冷や汗にも似た汗が全身からぶわっと滲《し》み出て来る。

その仕草も声も完璧に可愛過ぎて、顔を逸らすどころか逆にユイから目が離せなくなってしまう。

落ち着け、落ち着け。まずは呼吸からだ、深呼吸。

自分にそう言い聞かせるように深呼吸をして何とか頭を落ち着ける。

そして手に持っているスマホ画面にまだ映ってるユイを見て、落とす前にポケットにしまおうと画面を見てようやくそれに気が付く。

「……あれ？」

不意に俺がこぼした声を聞いて、顔を上げたユイが小さく首を傾《かし》げる。

「どうしたの？」

「何か、カメラが写真じゃなくて、ムービーになってたっぽい」

「ムービー？」

俺が撮影終了ボタンを押すと、確かにムービーが撮り終わった効果音が鳴って、スマホの中にムービーデータが保存される。

「じゃあ今のやりとり全部、ムービーで保存されてるってこと？」

「そういうことになるって……」

口元を隠していたバッグに顔を押し付けながら、ユイがその場にしゃがみ込んで丸くなった。

不慮の事故とは言え何だか申し訳なくなって丸まってる背中に尋ねる。

「その、今のムービーって消した方がいいのか？　出来れば残しておきたいなって思ってるんだけど……」

「そういうことになるな」

「だから、そんな風に聞かれたら困っちゃうんだってば……」

鞄で顔を隠したまま、ユイが長い長い溜息を吐き出した。

それからスペースが広くなっている隣のエリアまでユイを連れて行って、人の流れの邪魔にならない壁際で一息ついてもらうことにする。

「はい、冷たいお茶」

「ありがと、いただきます」

途中で見つけた自販機で買って来たお茶をユイに渡して、俺もユイと肩を並べて壁に背中を預ける。

俺も冷たいお茶を一口飲むとようやく顔の熱と体の汗が引いて来て、ユイもペットボトルを額や頬に当てて少し落ち着いたように見えた。

少し余裕を取り戻して顔を上げると、目の前には壁一面の大きな水槽。

その中にはとても数え切れない数のマイワシの魚群が回遊していて、銀色の魚影たちがライトアップされた照明を弾いて銀のカーテンのように煌めいていた。

「わぁ、すごい綺麗《きれい》……」

隣で水槽を見上げたユイが静かに呟《つぶや》く。

ゆったりとした音楽とライトアップされた光で、まるで美しいイルミネーションのように水槽の中を銀色の魚影たちが何度も翻《ひるがえ》っていく。

その煌《きら》めく光に照らされるユイの横顔を見ると、穏やかに微笑《ほほえ》みながら壁一面の水槽を見上げていた。

さっきみたいな表情を見せてくれるユイは新鮮で可愛《かわい》らしいし、自然に色々な顔を見せてくれることは本当に嬉《うれ》しい。

でもやっぱりこの穏やかな笑顔が隣にいて一番落ち着くなと思う。

優しく瞳を細めているユイの横顔を見て改めてそんなことを考えていると、俺の視線に気付いたユイが俺に顔を向けて小さく微笑む。

「夏臣とここに来れて本当に良かった。誘ってくれてありがとう」

顔にかかった髪を耳に掛けながら、幸せそうに表情を綻ばせてそう口にしてくれる。

「まだこの後が今日の本番だけどな」

「もちろん花火もすごく楽しみ」

僅かに声を弾ませながら無邪気な笑顔で俺に応えてくれる。

「休憩させてくれてありがと。もう大丈夫だよ。次に行こっか」

「ああ。でも無理はしないでいいからな」

カラコロと小気味良いユイと歩調を合わせながら、二人でゆっくりとアクアミュージアムの続きへと足を踏み出していく。

◇　◇　◇

『間もなく八時半より花火シンフォニアが開演されます。ご観覧になられる場合はボードウォーク内、花火観覧所をご利用下さいませ』

スマホを確認すると時間は八時十五分。

花火大会の案内が放送で流れると、園内の人波が案内された花火観覧所へと流れるように向かって慌ただしく動き始める。

「やっぱり少し前に来てて良かったね」

隣の席に座っているユイがわくわくしながら、俺に顔を寄せてこそっと耳打ちをする。

ユイが下駄《げた》であることも考えて、俺たちは少し余裕を持って観覧席に来ていたことが功を奏したようで何よりだった。

駅に到着した時は夕暮れだった空はもうすっかり暗くなっていて、今は八景島内にある施設の照明たちだけが夜の中で灯りをともしている。

今回の花火大会用に用意された特別観覧席は目の前が大きく開けた海沿いに設営されていて、花火が打ち上がるちょうど真正面の位置だ。

花火を見るにはこれ以上ない場所に椅子が並べられていて、周りの席はもちろん全て満席。

慶がくれたチケットは中央最前列の二席で、まさかこんなに良《い》い場所だとは思っていなかったのでユイと一緒に驚いた。

「鈴森さんには後で改めてお礼を言わないとだね」

「だな」

ユイとそんな話をしていると、周りの照明がふっと消えて辺りが暗闇に包まれた。

周辺を包んでいたざわめきが消えて、そこにいる全員が静かに息を呑《の》んで夜空を見上げる。

人の気配で溢《あふ》れているのに風の音さえも聞こえそうな静寂に包まれながら、その場の全員がその時を待つ。

『お待たせいたしました。それでは花火シンフォニアの開演です』

真っ暗な夜空にアナウンスが流れると、勇壮なトランペットのファンファーレとけたたましいシンバルの音が鳴り響いた。

そして花火が打ち上る小さな音が聞こえたその次の瞬間、夜空に赤と白の大きな大輪の華が咲き上がった。

僅かに遅れて地響きのような爆発音が会場を震わせると、その後を追うように沢山の歓声が上がって花火シンフォニアの幕が上がる。

いくつものサーチライトが夜空を照らし回って、空の低い場所を柳のような花火が支え、その上空を様々に煌《きら》めく花火たちが次々に咲いて夜空を彩《いろど》っていく。

「わぁぁ……！　すごい、すごい……！」

青い瞳を花火で煌《きら》めかせながらユイが何度も感嘆の声を上げた。

隣のユイを横目で見ると、小さな両手を胸の前でぎゅっと握りながら夜空に咲き乱れる花火に見惚れている。

止まることなく咲き続ける花火たちが、夜空と同じようにユイの笑顔を美しく彩《いろど》っていく。

その横顔は言い表す言葉もないほどに綺麗《きれい》で、花火が上がる度にまるで小さな子供のように無邪気な声を上げて瞳を輝かせる。

花火を躍らせる音楽も、体を震わせる爆発音でさえも遠く聞こえるほどに、俺は隣のユイの横顔に見惚《みと》れてしまっていた。

「来年もまた、こうやって夏臣と花火を見れるかな」

花火を見上げたユイの唇が微《かす》かに動いて、轟音《ごうおん》の隙間を縫った声が俺の耳に届く。

俺がわずかに顔を隣に向けるが、ユイ自身も自分が声を漏らしたことに気付かずに夜空に咲く花火を見上げ続けている。

この瞬間の煌《きら》めきを大切に抱き締めるように、この瞬間をしっかりと記憶に焼き付けるように、優しく瞳を細めるユイが落とした言葉が俺の胸の奥で小さく反響する。

今から一年後、来年の花火大会。

俺は今と変わらずにユイと二人でまたここに来れるのだろうか。

今のままの関係がずっと変わらずに続いていて、俺は変わらずにユイの隣にいられるのだろうか。

一緒にいるようになって二ヵ月程度しか経《た》ってないのに、もうユイがいない日々の想像が出来ない。

一人でいた一年間を忘れてしまうほどに楽しい時間。

お互いに特別に想《おも》い合っている今を大事にして、敢《あ》えて名前を探さずにいる関係。

俺とユイだけの関係に他人が作った定義を当てはめて名前を付ける必要はないし、二人が居心地好くいられるのであればそれ以上は何もいらない。

でもそれじゃ未来を約束するにはあまりにも曖昧過ぎて、ユイがこぼした言葉に返事をすることは出来ない。

今の関係が変わることで、ユイの隣にいられなくなるかもしれない。

何か形を求めることで、この関係が歪んでしまうかもしれない。

それでも。

そうだとしても俺は、ユイが不意にこぼした言葉に応えたい。

俺自身がユイとの未来を約束をしたい。

このままでいい、このままじゃだめだと、行ったり来たりで定まらない気持ち。

決めても決めなくても揺れ動いてしまう心。

(——そうか、これが)

ここに来てようやく、それに気が付く。

迷いに迷って、揺れに揺れて、そのお陰でようやくこの気持ちの名前が理解出来た。

強張《こわば》っていた気持ちがほぐれて、胸の鼓動がだんだんと強くなって。

夜空に咲いては消えていく花火たちが今まで以上に美しく見える。

『来年もまた、こうやって夏臣と花火を見れるかな』、と。

私の心から滲《にじ》み出《で》た言葉が、思わず声になってこぼれ落ちてしまった。

見上げる夜空には視界いっぱいに広がった花火たちが、色とりどりの大輪の花を次々と咲かせては音もなく静かに煌《きら》めきながら消えていく。

現実からの逃避だったはずの留学。

だけど、今はここに来れて良かったと心から言える。

こんなに素敵な時間を過ごせるなんて思いもしなかった。

こんなに心穏やかな日々を過ごせるなんて考えもしなかった。

そんな時間をくれる夏臣に、今の私は感謝以上の気持ちを抱えてしまっている。

『来年もまた』なんてことを願ってしまうほどに。

未来への約束が欲しくなってしまうほどに。

でも甘えっぱなしでもらうばかりの現在を、好きだなんて綺麗《きれい》な言葉で片付けてしまいたくなくて。

今、私の胸を甘く締め付ける気持ちを、そんな言葉で肯定してしまうことは出来なくて。

それでも。

それでも私は、夏臣とずっと一緒にいたいと思ってる。

夏臣との未来への約束が欲しいと強く思ってしまっている。

わがままな自分の気持ちばっかりなのに、それでもこの気持ちが止められない。

理想の自分と現実の自分の境界線が分からなくなって、何が本当の気持ちなのかすらも分からなくなってしまうほどにわがままで素直な気持ち。

こんなに矛盾してるのに、どちらも本当の私。

（——そうなんだ、これが）

今になって、ようやくそれに気が付いた。

矛盾する気持ちに迷って、ふたつの気持ちで揺れてしまう、この気持ちの名前。

それを理解した瞬間、鼓動が速くなって顔が熱くなる。

花火が花開く音が遠くなって、隣にいる夏臣の存在を強く感じる。

だから、夏臣の小さな声がはっきりと私の耳に届いた。


「来年もまた、一緒に来よう」


その言葉を聞いたユイが夏臣に振り向くと、夏臣が穏やかな微笑《ほほえ》みをユイに向けて二人の視線が絡《から》まる。

花火の音と同じくらいにうるさい胸の鼓動を感じながら、お互いがお互いから目を離せなくなってしまう。

迷って揺れることも止められないから『動かされる』。

自分が自分でなくなってしまうほどに『奪われる』。

『惹《ひ》かれる』、『焦がれる』、『動かされる』。

その全てが『心』という言葉と繋《つな》がっていて、抵抗することすら出来ずに身を任せるしかないから『落ちる』。

それぞれの胸の中に生まれた答えを確かめ合うように。

ユイも優しく青い瞳を細めて、夏臣も穏やかに目を細めて微笑み合う。


ああ、俺は——

ああ、私は——

——この人に、恋してる

遠くの夜空でひときわ大きな花火が咲いて、穏やかに微笑《ほほえ》み合う二人の横顔を淡く照らし出した。

今だけは照れることすらも忘れて、この瞬間を心に焼き付けるようにお互いを見つめ合う。

左手首に着けたブレスレットを花火で煌《きら》めかせながら、ユイが夏臣に向かって小指を立てて見せる。

「約束。絶対だよ」

「ああ、約束する。絶対だ」

夏臣もユイの目をまっすぐに見つめながら、はっきりとそう答えて小指を絡《から》め返す。

夜空に打ち上がる花火たちの下で、恋し合ってる二人がまた来年の約束を交わしたのだった。

10章 打ち上げ花火、その残り火

I spoile
"quderella" next doo
and I'm going to give he
a key to my house

こうして俺は自分の恋心を自覚したわけだが、でもそれよりも花火大会が終わってからの方が問題だった。

『本日の花火シンフォニアのプログラムを全て終了致しました。お帰りの際はお足下にお気をつけてお帰り下さいませ』

島内のスピーカーからアナウンスが流れて八景島内の照明が一斉に点灯すると、急に日常の中に引き戻される。

花火の余韻に浸る間もなく周囲が一斉にざわめきと雑踏に包まれ、特別観覧席に座っていた人たちも次々と席を立って離れていく。

そしてそんな中、俺とユイだけが取り残されていた。

（……ユイに、どんな顔を向ければ良いんだろうか）

今まで敢《あ》えて考えてなかっただけであって、この気持ちはずっと自分の中に存在していた。

それにあくまで自分の好意を自覚しただけであって、告白をして伝えたわけでもない。

だから合わせる顔も何も、花火大会が始まる前と同じように接すればいいだけ。

——なのに、それが出来ない。

ずいぶんと勝手な話だとは自分でも思う。

でもそれが出来ないのが現実で、隣のユイに顔を向けることが出来ない。

しかし隣のユイも同じ様に顔を逸《そ》らしたまま、ぎゅっと浴衣《ゆかた》の袖を握り締めていた。


(……夏臣に、どんな顔を向けたら良《い》いんだろう)


のぼせたように熱くなった私の顔はきっと、この薄暗い園内照明でも分かるくらい真っ赤に染まってる。

何なら今まで味わったことない緊張と恥ずかしさで泣いてしまいそうなくらい。

この夏臣への気持ちはたぶん、ずっと前から私の中にあったもの。

いつからか胸の中にあったこの気持ちの名前を知らなかっただけの話であって、花火大会の前と後でその何が変わったわけでもない。

だからさっきまで通り普通に話しかければいいだけ。

——なのに、それがとても出来そうにない。

心臓は時間が経《た》っても落ち着くどころか全然収まってくれない。

何か話しかけようにもちょっと口を開いたら声が裏返ってしまいそうだし、夏臣と目が合うことを想像しただけでも茹《ゆ》で上《あ》がって死んでしまいそうだ。

そして観覧席には誰もいなくなって、花火を見ていた周りの人たちもいなくなって。

それでもろくに身動きすら出来ないまま、言葉を失《な》くしている夏臣とユイが静かな夜の海を前にして佇《たたず》む。

いつまでも席を立たない夏臣とユイを見て、八景島の女性案内スタッフが二人を覗《のぞ》き込《こ》むが、すぐにニヤニヤと楽しそうに表情を綻ばせて何も言わずに去っていく。

「……その、帰ろうか？」

「う、うん……花火も、終わったし……」

足取り軽く去っていくスタッフの後姿を見て夏臣が何とか言葉を搾り出すと、ユイも必死に声が裏返らないように気を付けながら頷《うなず》いた。

花火が終わった後で少し時間が経《た》っていたのが幸いだったのか、帰りの電車は思ったよりも空いていた。

見渡す範囲でもユイと同じ様に浴衣《ゆかた》を着た人たちもそれなりにいるので、やっぱり花火大会の帰りの乗客が多いんだなと思う。

密着するほどではないにしてもそれなりに電車内は混雑しているので、下駄《げた》を履いているユイがドア隣の手すりに摑《つか》まれる場所を譲る。

俺は何かあった時にユイを庇《かば》える位置に立とうとすると、自然にユイの目の前に立つ格好になってしまって否《いや》が応《おう》でもユイの姿が目に入ってしまう。

相変わらずお互いに顔を逸《そ》らしたまま、でもお互いの存在を意識せざるを得ないまま電車に揺られ続けながら何とか空気を変えようと必死に話題を探す。

「微妙な時間になっちまったけど、晩飯どうするかな」

「あ、そう言えば忘れちゃってた」

ユイもまだ赤い顔を上げて俺に合わせるように硬い笑顔を浮かべると、少し考え込んでから困り笑いへと変化する。

「でも今からだと作るの大変だし、今日は疲れちゃったから何か買って帰ってそれぞれで食べても良いんじゃないかなって思うけど、夏臣はどう？」

「確かに今からだと作っても食べる時間がだいぶ遅くなるしな」

ユイの提案に同意して今日は何か買って帰ることにする。

何とか別の話題を出したことでさっきよりはお互いの間の空気が柔らかくなった感じがして、

電車の規則正しいガタンゴトンというレールを跨《また》ぐ音に耳を傾けた。

車窓の外には建物たちの窓から漏れる光が無数に煌《きら》めいていて、顔の赤みが引いて来たユイもその夜景に優しく瞳を細めている。

「……ねえ、夏臣」

小さな声に顔を向けると、俺を見上げているユイが柔らかい微笑《ほほえ》みを浮かべていた。

「今日ね、本当に楽しかった。誘ってくれてありがとう」

まだ少し緊張の残る微笑《ほほえ》み。

でも精一杯の気持ちが込もった笑顔をユイが向けてくれていた。

「俺も本当に楽しかったよ。ユイこそ来てくれてありがとうな」

俺も素直に思ったことをそのまま返すと、ユイが何とも言えない感じでにへらっと照れた笑顔を咲かせる。

そんな仕草が愛おしく見えて、胸の奥がぎゅっと甘く締め付けられてしまう。

堪え切れないもどかしい気持ちが胸の奥から溢《あふ》れて止まらない。

「変だね、お互いにお礼言い合ってるの」

「それが良《い》いんだろ。お互いに感謝の気持ちを持ってられるのがさ」

「そうだね、夏臣の言う通りだね」

もう二人ともいつも通りに戻って小さく笑い合う。

（やっぱりいいな、こういうの）

俺は確かにユイのことが好きだ。

しっかりとした芯の強さを持っていて、自分に素直でよく笑うそんなユイのことが好きになった。

でも何よりユイとは居心地好く自然にいられるからこそ好きになったんだと思う。

ユイの笑顔を見ているとそれを実感して、胸の奥から愛おしい気持ちが込み上げてくる。

「また来年も来ようね。絶対に」

まだ少しだけ照れながらも、今度は俺の目を見ながらはっきりとユイがそう口にした。

だから俺もユイの青い瞳を真《ま》っ直《す》ぐに見つめながら答える。

「ああ、約束だ。絶対に」

それからまた二人分の小さな笑い声が、電車の走行音に紛れて小さく響いた。

◇　◇　◇

ガチャリと玄関の鍵を閉めて一日お世話になった下駄《げた》を揃《そろ》えると、くたくたになった身体を引きずって自分の部屋へと上がる。

衣装屋さんで借りたバッグをソファの上に置いて花の髪留めを外すと、浴衣《ゆかた》を脱いで薄化粧を落としてからパジャマに着替えてベッドの上にうつ伏せに倒れ込んだ。

ぼふっという音の後で柔らかな布団《ふとん》の感触に包まれる。

「はぁ……疲れたけど、楽しかったなぁ……」

自分でも分かるくらいに顔を緩ませながら独りで呟《つぶや》く。

夏臣と別れて緊張の糸が切れたせいか、今日一日の疲労感がずっしりと身体《からだ》にのし掛かって来て、帰りに夏臣とスーパーで買って来たパンも食べる気になれない。

ずっと慣れない人混みの中にいたのもあるだろうし、朝からずっと緊張続きだったのもあるだろうし、歩き慣れない下駄《げた》だったこともあるんだと思う。

でも、とても心地好い疲労感。

今まで感じたことのない、暖かくて幸せな疲労感だった。

私と一緒に枕元に倒れ込んでいたスマホが震える。

ディスプレイには夏臣からのメッセージの通知。

スマホを手に取りながらごろんと仰向けになって、天井に携帯電話をかざしてメッセージを開く。

『……え？　もしかして今の、撮っちゃった……？』

するとそこには水族館で間違えて撮影したムービーが添付されていた。

『撮っちゃった……みたいだな』

『い、今のはダメだよ！　たぶん私すごい顔してたし……！』

インカメラ設定になっていたせいで、泣きそうになりながら顔を真っ赤にして夏臣のスマホを取ろうと頑張ってる私がばっちりと映っている。

あまりに必死で客観的に見るとものすごく恥ずかしい。

せっかく可愛《かわい》い浴衣《ゆかた》を着せてもらって、髪型も整えてもらって、薄化粧までしてもらってるのにもかかわらず酷《ひど》い顔をしちゃっている。

まさか自分が夏臣の前でこんな顔をしてるとは思わなくて、思わずムービーを停止して枕を顔の上に載せながら足をじたばたと暴れさせた。

ひとしきり顔の熱が引くまでばたばたすると、枕を胸にぎゅっと抱き締めながら天井を見上げる。

(私、夏臣の前だとあんな顔してるんだなぁ……)

日本に来る前にも写真やムービーで自分を見たことはあった。

でもあんな酷《ひど》い顔をしてることは一度もなかった。

周りの目を気にせずに、自分の素直な気持ちがそのまま出たような表情。

スマホを天井にかざして写真フォルダを開いてみると、携帯電話を買ってから少しずつ撮りためた写真たちが表示される。

紅茶専門店で撮った夏臣の写真も、猫カフェで夏臣が撮ってくれた私の写真も、夏臣が作ってくれた晩御飯も、一緒に買ったブレスレットを着けて並べた手の写真も。

この間のブライダルプレイヤーの時に撮ってもらった写真も、ブルーオーシャンのライブなんてムービーまである。

このスマートフォンだって夏臣が一緒について来てくれたから買えた。

何だか泣きそうになりながら、スマホの中に入ってる大切な思い出たちをひとつずつ見返していく。

写真に残ってなくても、心の中にしっかりと残ってるものだって沢山ある。

最初にベランダで会った時のこと。半額のお弁当を教えてくれた時のこと。

初めて夏臣のからあげを食べた時のこと。お礼に慣れないクッキーを何度も作ったこと。

大切な歌を褒めてくれた時のこと。私なんかの友達になってくれた時のこと。

初めてのワタラッパン。夏臣のカレーレシピ。失敗したオムライス。手作りのアイス。理実習のハンバーグ。

ソフィに私の面倒を見る覚悟があると言ってくれたことも。

熱を出した時にずっと傍《そば》で手を握ってくれていたことも。

私が失《な》くしてしまった大切な歌を取り戻してくれたことも。

「そりゃあ、好きになっちゃうよ……」

数え切れない大切な思い出たちを噛《か》み締《し》めるように、スマートフォンをぎゅっと抱き締める。

こんなに恥ずかしくて。もどかしくて。切なくて。苦しくて。

なのに楽しくて。嬉《うれ》しくて。暖かくて。甘酸《あまず》っぱくて。愛おしくて。

こんな気持ちがあるなんて今まで知らなかった。

私が誰かを好きになるなんて、思いもしなかった。


「……好き」


そう声に出すと胸の奥がぎゅっと締め付けられる。

顔が耳まで熱くなって、心臓の鼓動が速くなっていく。

背中を丸めて、もっと強くスマートフォンを抱き締める。

「好き……大好き……」

もう一度はっきりと声に出してみると、その言葉と一緒に溢《あふ》れ出《で》た気持ちが涙になってこぼれてしまいそうになる。

さっきまでずっと一緒にいたのに、もう顔が見たくなってしまう。

夏臣のぬくもりを感じたい。

隣で優しく笑いかけて欲しい。

私の名前を呼んで欲しい。

大きな手で頭を撫《な》でて欲しい。

優しく頬を撫《な》でて欲しい。

ほんの少し前までは藍色に濁っていた世界が、今はこんなにも鮮やかに色付いて見える。

歌を失《な》くしてからは音のしなかった世界が、今はこんなにも素敵なメロディが溢《あふ》れて止まらない。

高鳴る胸の鼓動が私がここにいると教えてくれる。

私はもうイギリスにいた頃みたいに迷わない。

誰かを好きになるだけで、こんなにも強くなれるって知ったから。


——ああ、恋ってすごい。


身体《からだ》中から溢《あふ》れて爆発してしまいそうな『好き』の気持ちを、何度も呟《つぶや》きながら言葉にして並べていく。

その度に胸が暖かくなって、切ない気持ちが心を甘く締め付ける。

こんなにも深く恋に落ちていたことを自覚してしまったら、明日から夏臣にどんな顔をすれば良いんだろう。

また上手《うま》く夏臣の顔が見れないかもしれない。

また上手《うま》く言葉が出て来なくて俯《うつむ》いてしまうかもしれない。


——でも、きっと大丈夫。


俯《うつむ》いてても夏臣が私の名前を呼んでくれる。

上手《うま》く喋《しゃべ》れなくても夏臣が微笑《ほほえ》んでくれる。

それだけで大丈夫だと、そう迷いなく言い切れた。

だからもう今夜は難しいことは考えず、この愛おしい恋心を胸いっぱいに抱いたまま眠ろう。

また明日、愛《いと》しい人の笑顔を見るために。

初めての恋心を胸に抱いたまま、暖かな安らぎに揺られてそっと瞳を閉じて眠りに落ちた。

エピローグ

I spoile
"quderella" next do
and I'm going to give h
a key to my hous

　そして明くる午前十時三十分。

「あ、夏臣……おはよ……」

「おう……おはよ……」

　約束通り浴衣を返しに行くために、玄関の外で待ち合わせたユイに挨拶を返す。

　一晩経って冷静になると、昨日は俺史上とんでもない一日だったと改めて思う。

　何せ初めての恋心を自覚したわけで、その相手と今日も出掛ける約束をしているわけで。

　ユイが長い黒髪を耳に掻き上げながら頬を赤くして俯く。

　ユイが髪を掻き上げた瞬間にお揃いのブレスレットが一瞬煌めくのが見えて、昨日以上に心臓がどきどきして止まらなくなる。

（これはもうだめだ……！　俺はもう本当にだめかもしれない……！）

　ただでさえ可愛いユイがひときわ可愛く見えて仕方がない。

　眉間を手のひらで押さえながら、それだけで熱くなってしまう顔をユイから逸《そ》らす。

「どうしたの？　大丈夫？」

　ユイが心配そうに眉をひそめて俺を覗《のぞ》き込《こ》んでくる。

　そんな仕草まで可愛《かわい》く見えてすみませんもう気にしないで下さいほんとに。

「いや大丈夫、心配かけて悪い」

　深呼吸で何とか表層だけでも取り繕いながら、出来るだけ自然な笑いをユイに向け直す。

『恋は病』、『恋は盲目』なんて上手《うま》いこと言ったもんだと思う。

　生れて初めて味わう恋の症状は何というか……色々と色々と参る。

　でも俺はこんなことで浮かれていたくはない。

　ユイのことが好きなこととユイに心配をかけることとは別だ。

　善意百パーセントで力になりたいとはもう言えないかもしれないけど、それでもユイは俺にとって特別で大事な相手には変わりない。だから。

「来年もまた行こうな、花火大会」

　自分への素直な気持ちと戒めを兼ねて、昨日の約束をもう一度しっかりと口に出して伝える。

　すると今度はユイが目を丸くした後、両手で顔を隠しながら顔を上に向けて動きを止めた。

「……ごめん、夏臣。二十秒だけ待って」

「え？　あ、あぁ、二十秒と言わずいくらでも構わないけど……」

　手で隠しきれていない耳や首筋まで赤くしながら、ユイが小さな身体《からだ》を膨らませるように大きな深呼吸を何度も繰り返していた。

◇　◇　◇

「浴衣《ゆかた》を借りるのに、こんな所まで来てくれてたのか」

ユイと肩を並べながら地下鉄の入り口を出て地上へと出た。

いよいよ夏らしくなって来た眩《まぶ》しい太陽に目を細めながら周りを見ると、チャイナタウンらしい街並みが広がっている。

京浜急行で横浜を経由してから、みなとみらい線に乗り換えて『元町《もとまち》・中華街駅《ちゅうかがいえき》』で下車。

いわゆる横浜中華街と呼ばれる観光エリアで、確かにここなら観光客向けの衣装レンタルサービスがあるのも納得だった。

「せっかくここまで来たし、帰りに少し中華街でもブラついて昼でも食べてくか？」

「それ良《い》い案だね。そうしようそうしよう」

ユイが嬉しそうに、にへらっと表情を綻ばせる。

休日に中華街をブラつきながら昼食。

一般的にはこれもデートに分類されるんだろうとは思うが、俺とユイに取っては日常過ぎてそんな特別な感覚もないのでさらっとそんな予定が立ってしまう。

（ま、浮かれてあんまり細かいことを考え過ぎるのもな）

それで大事なものを見失っては本末転倒だ。

あくまで俺の気持ちがはっきりしただけの話であって、だからと言ってユイへの接し方を変えるものでもないし、この関係を大事にしたいからこそ恋の病などには負けたくない。

そう自分に言い聞かせて、今まで通りであることを改めて意識する。

ちなみに一方のユイは思いがけず生まれた中華街デートの予定を嬉しそうにしながら、即興で『点心のうた』を歌いながら完全に浮かれていた。

そしてスマホにナビされるまま中華街の門をくぐって煩雑な小路《こみち》を抜けると、ユイが浴衣《ゆかた》を借りたという貸衣裳《いしょう》屋に到着する。

「少々お待ち下さい」

店内に入ると着物に身を包んだ愛想《あいそ》の良《い》い店員が、ユイから浴衣《ゆかた》一式の入った紙袋を受け取って店の奥へと入っていく。

店内の装飾は和の雰囲気で揃《そろ》えられていて、壁一面には浴衣《ゆかた》や着物、袴《はかま》などがびっしりとハンガーに掛けられて並んでいる。

こういう店もあるんだなと思いながら店内の様子を窺っていると、すぐにさっきの店員がユイのところに戻って来た。

「大変お待たせいたしました。浴衣《ゆかた》の返却手続きが済みましたので、こちらにサインを頂けますでしょうか？」

案内通りにユイが返却確認のサインをすると、今度は代わりにユイの服が入った紙袋を渡された丁寧にお礼を告げられる。

「こちら次回ご利用時に使える割引券と、本日は中華街のイベントで福引を行っておりますので良ければこちらご利用下さいませ」

ユイが目をぱちくりとさせながら見つめている福引券を隣から覗《のぞ》き込《こ》むと、そこには会場の地図が描かれていて、この店を出てすぐの場所で抽選をやっているようだった。

「せっかくだし行ってみるか」

「そうだね」

二人でこの後の行き先を決めると、店員にお礼を伝えて店を後にする。

店を出て中華街の中心部の方へと足を向けると、すぐに大きな人だかりを発見してイベント会場が見つかった。

思ったよりも大きなイベントらしく、時々当選者を称《たた》えるハンドベルの音が中華街に響いたりしている。

「これ、外れでもお菓子とかもらえるみたい」

ユイが指差した景品一覧を見ると、一等賞からハズレまで景品一覧が並んでいて、確かに外れの白玉でも中華街にある菓子屋の小分けのお菓子がもらえると書いてある。

ちなみに一位の赤玉は大型プラズマテレビで、二位の緑玉は食事券一万円分。

俺もこういう福引イベントに詳しいわけではないけども、商品自体はかなり豪華な内容に見える。

「二位が当たったらお昼は豪勢にしちゃおっか？」

「じゃあ期待してるぞ」

冗談交じりにユイと笑い合いながら、六角形の抽選器が並ぶテントへと足を向ける。

二人で待機列に並んでしばらく待っていると、イベントスタッフに促されて抽選器の前に案内されてユイが福引券を手渡す。

「それではこちら一回ですね、どうぞ」

ユイが密かに目を輝かせながらハンドルを握って抽選器を回す。

俺とユイが玉が出て来るはずの受け皿を覗《のぞ》き込《こ》むと何も出て来ていない。

「お客様、ガラガラを回す方向が逆です」

「ご、ごめんなさい……」

ユイが恥ずかしそうに俯《うつむ》きながら慌ててさっきと逆方向に抽選器を回すと、今度はコンコンと音を立てて受け皿に抽選球が転がり出る。

さっきと同じ様に二人で覗《のぞ》き込《こ》むと、球の色は黄色……と言うよりは光沢があるので金色に見える。

黄色なんてあったかなと思って景品表に顔を向けると、スタッフが机の上のハンドベルを持ち上げてものすごい勢いでガランガランと鳴らしまくった。

あまりの音にユイがビクッと身体を跳ねさせると、スタッフが大きく息を吸い込んで大声で周りに向けて叫んだ。

「大当たりの特等賞！　箱根温泉一泊二日ペアチケットついに出ましたあぁー!!」

店員の尋常ではない大声に、周りにいた客たちがざわめきながら俺とユイに視線を集める。

そして他のスタッフもけたたましくハンドベルと拍手を鳴らしながら、大きく『目録』と書かれた封筒がユイに手渡された。

「「……えっ？」」

いまいち何が起こってるか分からない俺とユイが唖然《あぜん》とした顔を見合わせる。

もうすっかり暑い七月の日差しが、俺たちに夏が来ることを告げていた。

あとがき

まさか二巻でもまた皆様にご挨拶が出来るとは思ってもいなかった雪仁です。

いきなりのご挨拶ではありますが、まごう事なき本音ですので思わず最初に持って来てしまいました。

色々なことが重なりに重なってなかなかに大変なご時世ですし、エンタメ業界も出版業界も例に漏れず大変なこのタイミングにも関わらず、電撃文庫様でライトノベルを書かせていただけたどころか、処女作で続刊にGOを出していただけるとはありがたい限りです。

こうして二巻が出せたことは全て、皆様が大事なお金でこの本を手に取って下さったお陰様です、本当にみなさま超ありがとうございました!!

こんな駄文を読んでくれてるそこのあなた様？　ご自分のことを言われてるのですよ？

一巻を２０２１年の12月に出させて頂きまして、本作品の感想など勝手にちょいちょいと拝見させて頂いておりますが、二巻を出させて頂けるくらいのご好評を頂けていたようで、一割の驚きと九割の安堵《あんど》に抱かれつつしばらくは安らかな日々を過ごさせて頂きました。

ご感想の中で『読み易《やす》かった』という評価が個人的に嬉《うれ》しい点のひとつでした。

自分はゲーム系のシナリオ出身なのですが、そこではテキストを『読ませる』のではなく、『見せる』という意識を持って、文字選びや文章の構成、テンポ感を大事にしておりまして、それをどうにか小説に転化出来ないかと今現在も頭を抱えていたりします。

自分の作品は文芸作品ではなくエンターテイメントだと思っていますので、この本を手に取って下さった方々がストレスなく小説の世界に入り込んで、この作品の魅力として表現したい部分を純粋に楽しめるように、そんな願いの下で自分も楽しく四苦八苦しながら筆をとらせて頂いております。

そんな自分語りはさておき、今回はあとがきページを多く頂きましたので、少し作品についてお話出来たらなと。

この作品は、主人公である夏臣《なおみ》とヒロインであるユイの二人が心を通わせ合っていくことをコンセプトとして考えています。

むしろ作品内でそれ以外存在しないので、わざわざ改めて説明するほどのことでもありませんがまぁそこは大前提として一応ね、一応。

ラブコメと分類されるジャンルでは、そこの『心の通わせ合い方』で他作品との差別化を図るというか「自分、こういうのが好なんス!!」というこだわりの部分になると思っておりますが、今作は特に『じっくりコトコトゆっくり少しずつしっかり素材に味を染《し》み込《こ》ませる』という部分を大事に見ています。

一巻では二人の出会いから関係性と信頼の構築について。

二巻は信頼し合った関係から自然に生まれるお互いの恋心の自覚について。

そして次巻の三巻では、恋心を抱えた二人が合鍵を渡してごにょごにょ……というレシピを考えています。

そう、つまり三巻にてようやくタイトル回収到来なのです!!

先述の今作のコンセプトを考えた際に、「弱火でしっかりと具材に火を通して、素材の味と旨味《うまみ》をしっかりと引き出したい」という旨《むね》を、担当編集さんに頼み込んでこういう構成とさせて頂いております。

二巻を出させて頂けるのかも見えないド新人のこだわりに良くOKくれたな、この担当様と電撃文庫様の懐《ふところ》は深いどころか底面が抜けてしまっているのだろうか、と今でも思いますが、作家のそんなわがままを許容して下さった関係者様方のお陰様で、こうして三巻目を迎えることが出来ます。

あれ、三巻出るってこんなとこでフランクに言っていいんだっけ?

とりあえずそういう感じで、三巻は出来るだけ早く皆様のお手元に届けられるように頑張りたいと思います!!

それでは最後に二巻の刊行に当たっての謝辞をしたためさせて頂きます。

今回も美麗かつ素敵なイラストで、活き活《いい》きとしたキャラクターを描いて下さったかがちさく先生。スケジュール調整や改稿のサポートで超支えて下さった担当編集の木村様、無茶苦茶な改稿にご対応をして下さいました校正のご担当者様。販促周りにご尽力して下さいました電撃編集部のご担当者様。

様々な方々のご支援のお陰様でこうして二巻も刊行させて頂くことが出来ましたが、今回の進行で超々々々々々多大なるご迷惑をお掛けしてしまった自戒と感謝を込めて、こちらで改めての謝辞を述べさせて頂きます。本当にありがとうございました。

コロナが落ち着いたら一杯奢《おご》って平謝りしますので存分に罵って下さい。そこそこお手柔らかめで。

それではまた三巻でお会いしましょう。雪仁でした。

◉雪仁著作リスト

「隣のクーデレラを甘やかしたら、ウチの合鍵を渡すことになった」（電撃文庫）
「隣のクーデレラを甘やかしたら、ウチの合鍵を渡すことになった2」（同）

本書に対するご意見、ご感想をお寄せください。

ファンレターあて先
〒102-8177　東京都千代田区富士見2-13-3
電撃文庫編集部
「雪仁先生」係
「かがちさく先生」係

読者アンケートにご協力ください!!

アンケートにご回答いただいた方の中から毎月抽選で10名様に
「図書カードネットギフト1000円分」をプレゼント!!

二次元コードまたはURLよりアクセスし、
本書専用のパスワードを入力してご回答ください。

https://kdq.jp/dbn/　パスワード　hay5c

●当選者の発表は賞品の発送をもって代えさせていただきます。
●アンケートプレゼントにご応募いただける期間は、対象商品の初版発行日より12ヶ月間です。
●アンケートプレゼントは、都合により予告なく中止または内容が変更されることがあります。
●サイトにアクセスする際や、登録・メール送信時にかかる通信費はお客様のご負担になります。
●一部対応していない機種があります。
●中学生以下の方は、保護者の方の了承を得てから回答してください。

本書は書き下ろしです。

電撃文庫

隣《となり》のクーデレラを甘《あま》やかしたら、ウチの合鍵《あいかぎ》を渡《わた》すことになった2

雪仁《ゆきひと》

2021年5月10日　初版発行

発行者　青柳昌行
発行　株式会社KADOKAWA
〒102-8177　東京都千代田区富士見2-13-3
0570-002-301（ナビダイヤル）
装丁者　荻窪裕司（META＋MANIERA）
印刷　株式会社暁印刷
製本　株式会社ビルディング・ブックセンター

ISBN978-4-04-913786-6　C0193　Printed in Japan

電撃文庫　https://dengekibunko.jp/

電撃文庫創刊に際して

文庫は、我が国にとどまらず、世界の書籍の流れのなかで〝小さな巨人〟としての地位を築いてきた。古今東西の名著を、廉価で手に入りやすい形で提供してきたからこそ、人は文庫を自分の師として、また青春の想い出として、語りついできたのである。

その源を、文化的にはドイツのレクラム文庫に求めるにせよ、規模の上でイギリスのペンギンブックスに求めるにせよ、いま文庫は知識人の層の多様化に従って、ますますその意義を大きくしていると言ってよい。

文庫出版の意味するものは、激動の現代のみならず将来にわたって、大きくなることはあっても、小さくなることはないだろう。

「電撃文庫」は、そのように多様化した対象に応え、歴史に耐えうる作品を収録するのはもちろん、新しい世紀を迎えるにあたって、既成の枠をこえる新鮮で強烈なアイ・オープナーたりたい。

その特異さ故に、この存在は、かつて文庫がはじめて出版世界に登場したときと、同じ戸惑いを読書人に与えるかもしれない。

しかし、〈Changing Times,Changing Publishing〉時代は変わって、出版も変わる。時を重ねるなかで、精神の糧として、心の一隅を占めるものとして、次なる文化の担い手の若者たちに確かな評価を得られると信じて、ここに「電撃文庫」を出版する。

1993年6月10日
角川歴彦

電撃文庫DIGEST　5月の新刊

発売日2021年5月8日

創約　とある魔術の禁書目録《インデックス》④

【著】鎌池和馬　【イラスト】はいむらきよたか

ついにR＆Cオカルティクスに対する学園都市とイギリス清教の大反撃が始まるが、結果は謎の異常事態で……。一方、病院送りになった上条当麻のベッドはもぬけの殻。——今度はもう、『暗闇』なんかにさせない。

学園キノ⑦

【著】時雨沢恵一　【イラスト】黒星紅白

「みなさんにはこれから——キャンプをしてもらいます！」。腰にモデルガンを下げてちょっと大飯喰らいなだけの女子高生・木乃と、人語を喋るストラップのエルメスが繰り広げる物語。待望の第7巻が登場！

俺を好きなのはお前だけかよ⑯

【著】駱駝　【イラスト】ブリキ

ジョーロに訪れた史上最大の難問。それは大晦日までに姿を消したパンジーを探すこと。微かな手がかりの中、絆を断ち切った少女たちとの様々な想いがジョーロを巡り、葛藤させる。最後、物語が待ち受ける真実と想いとは——。

娘じゃなくて私《ママ》が好きなの!?⑤

【著】望 公太　【イラスト】ぎうにう

私、歌枕綾子、3ピー歳。仕事のために東京へ単身赴任することになり、住む部屋で待っていたのは、タッくんで——！えぇぇ！　今日から一緒に住むの!?

豚のレバーは加熱しろ（4回目）

【著】逆井卓馬　【イラスト】遠坂あさぎ

闇躍の術師を撃破し、ひとときの安寧が訪れていた。もはや想いを隠すこともなく相思相愛で、北へと向かう旅を楽しむジェスと豚。だがジェスには気がかりがあるようで……。謎とラブに溢れた旅情編！

楽園ノイズ2

【著】杉井 光　【イラスト】春夏冬ゆう

華園先生が居なくなった2学期。単独ライブ・そして11月の学園祭に向けて練習をするPNOメンバーの4人に「ある人物」が告げた言葉が、メンバーたちの関係をぎこちなくして——高純度音楽ストーリー第2幕開演！

隣のクーデレラを甘やかしたら、ウチの合鍵を渡すことになった2

【著】雪仁　【イラスト】かがちさく

高校生の夏臣と隣室に住む美少女、ユイが共に食卓を囲む日々は続いていた。初めて二人でデートとして花火大会に行くのがきっかけとなり、お互いが今の気持ちを考え始めたことで、その関係は更に甘さを増していく——

となりの彼女と夜ふかしごはん2
～ツンドラ新入社員ちゃんは素直になりたい～

【著】猿渡かざみ　【イラスト】クロがねや

酒の席で無理難題をふっかけられてしまった後輩社員の文月さん。先輩らしく手助けしたいんだけど……「筆塚マネージャーの力は借りません！」ツンドラ具合が爆発中!?　深夜の食卓ラブコメ、おかわりどうぞ！

グリモアレファレンス2
貸出延滞はほどほどに

【著】佐伯庸介　【イラスト】花ヶ田

図書館の地下に広がる迷宮を探索する一方で、通常のレファレンスもこなす図書隊のメンバーたち。そんななか、ある大学教授が貸し出しを希望したのは地下に収められた魔導書で——!?

午後九時、ベランダ越しの女神先輩は僕だけのもの2

【著】岩田洋季　【イラスト】みわべさくら

ベランダ越しデートを重ねる先輩と僕に夏休みがやってきた。二人きりで楽しみたいイベントがたくさんあるけれど、僕たちの関係は秘密。そんな悶々とした中、僕が家族旅行に出かけることになってしまって……。

新作　恋は双子で割り切れない

【著】髙村資本　【イラスト】あるみっく

隣の家の双子姉妹とは幼なじみ。家族同然で育った親友だったけど、ある一言がやがて僕達を妙な三角関係へと導いていった。「付き合ってみない？　お試しみたいな感じでどう？」初恋こじらせ系双子ラブコメ開幕！

新作　浮遊世界のエアロノーツ
飛空船乗りと風使いの少女

【著】森 日向　【イラスト】にもし

壊れた大地のかけらが生みだした島の中で生活をしている世界。両親とはぐれた少女・アリアは、飛行船乗りの泊人を頼り、両親を捜すことに——。様々な島の住人との交流がアリアの持つ「風使い」の力を開花させ——。

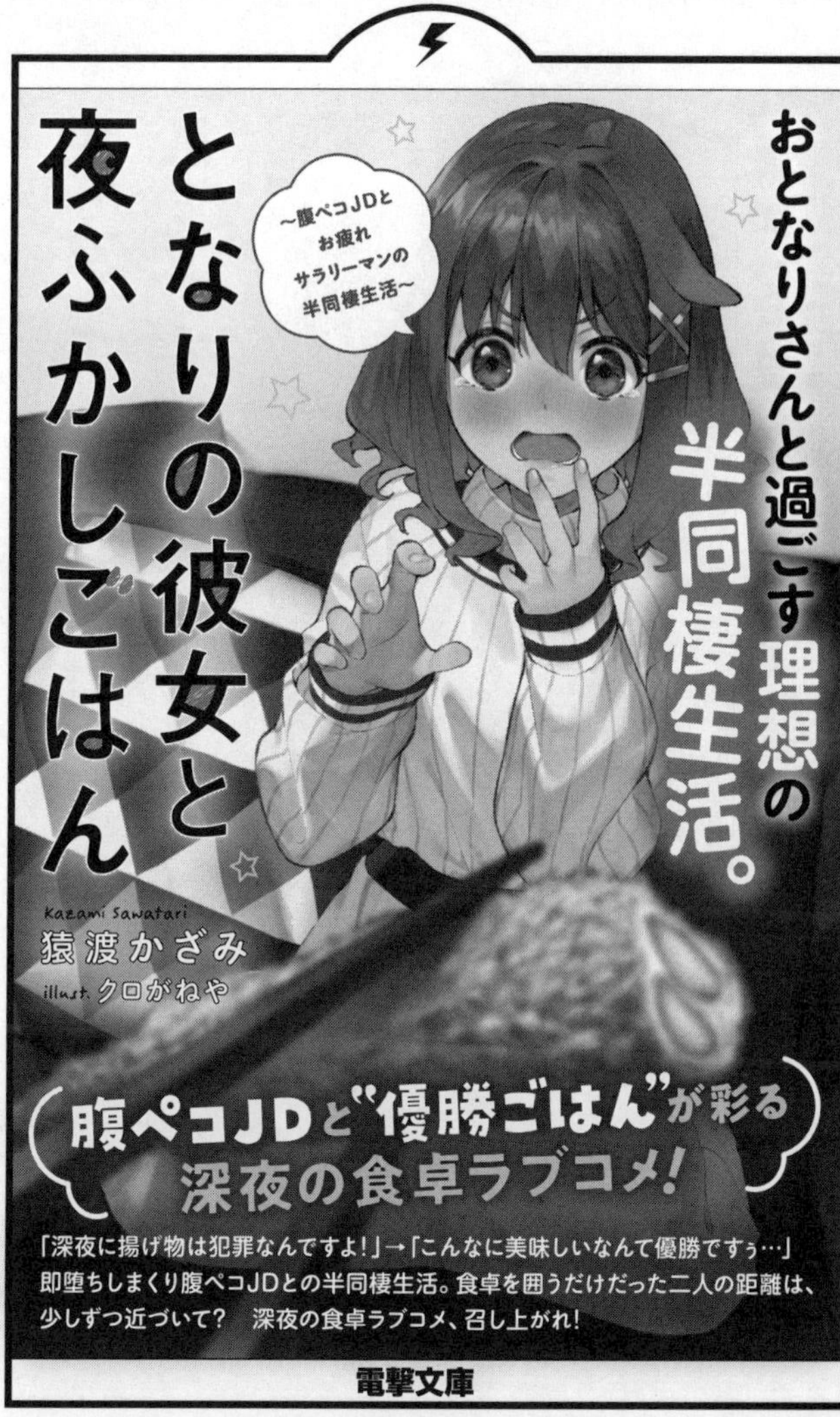
おとなりさんと過ごす理想の半同棲生活。
となりの彼女と夜ふかしごはん
～腹ペコJDとお疲れサラリーマンの半同棲生活～
Kazami Sawatari
猿渡かざみ
illust. クロがねや
腹ペコJDと"優勝ごはん"が彩る
深夜の食卓ラブコメ!
「深夜に揚げ物は犯罪なんですよ!」→「こんなに美味しいなんて優勝ですぅ…」
即堕ちしまくり腹ペコJDとの半同棲生活。食卓を囲うだけだった二人の距離は、
少しずつ近づいて？　深夜の食卓ラブコメ、召し上がれ!
電撃文庫

ある中学生の男女が、永遠の友情を誓い合った。1つの夢のもと運命共同体《しんゆう》となったふたりの仲は、特に進展しないまま高校2年生に成長し!?　親友ふたりが繰り広げる、甘酸っぱくて焦れったい〈両片想い〉ラブコメディ。

電撃文庫

地味で眼鏡で超毒舌。俺はパンジーこと
三色院菫子が大嫌いです。
なのに……俺を好きなのはお前だけかよ。
発売直後から大反響！
これが最近のラブコメなのかよ!?
俺を好きなのはお前だけかよ
駱駝《らくだ》
illustration ブリキ
第22回電撃小説大賞
金賞
電撃文庫